W0382725

HORST MIERSEN

Ein ungewöhnlicher Junge in einer ungewöhnlichen Zeit

Für meine Frau Magdalene, meine Töchter Frauke und Wencke und meine Schwester Elke

edition winterwork

Bibliografische Informationen der Deutschen Nationalbibliothek:
Die Deutsche Nationalbibliothek verzeichnet diese Publikation in der Deutschen Nationalbibliographie. Detaillierte bibliographische Daten im Internet über http://www.d-nb.de abrufbar.

Impressum

Horst Miersen, » Ein ungewöhnlicher Junge in einer ungewöhnlichen Zeit «

www.winterwork.de

Satz: edition winterwork
Umschlag: edition winterwork
Druck und Bindung: winterwork Borsdorf

ISBN 978-3-942150-87-3

VORWORT

Fast alles, was ich in diesem Buch niedergeschrieben habe, habe ich selbst erlebt. An 91 Prozent konnte ich mich noch sehr gut erinnern. Je weiter ich an diesem Buch geschrieben habe, desto mehr kamen wieder kleinere und größere Details in meine Erinnerung zurück. Die restlichen 10 Prozent haben mir Verwandte, Bekannte und Freunde erzählt. Dass daraus dann 101 Prozent wurden, ist der dichterischen Freiheit zuzuordnen.

Vorab nur noch einige Worte über die Frau, die meine Kindheit und Jugendzeit besonders beeinflusst hat. Meine Großmutter. Leider habe ich mich in der Zeit, als sie noch lebte, nicht oft genug bei ihr bedankt. Sie hat mich gelehrt, nichts Wichtiges im Leben zu vergessen. Man wisse nie, wozu man es noch einmal gebrauchen könnte. Wie recht sie hatte.

Meine Großmutter, Martha Ringelmann, wurde 1890 in Hamburg geboren. 1911 heiratete sie Walter Höfig, 1912 bekamen sie ihre Tochter Gertrud und diese wurde später meine Mutter. Ihren Sohn, der 1914 im ersten Weltkrieg geboren wurde, verloren sie nach 4 Monaten.
Mein Großvater war Malergeselle und wollte sich mit einer Werkstatt selbständig machen. Er erbat sich das ersparte Geld meiner Großmutter und ward nicht mehr gesehen. So ließ sie sich scheiden und schlug sich mit ihrer Tochter allein durchs Leben.

1935

Richard wurde langsam wütend. Seit 2 Monaten kam kein Mädchen mehr zu einer Verabredung. Sonst standen sie Schlange, wenn er mit seinem Kanu oder seiner DKW kam und sie zu einer Spritztour mit allem Drum und Dran einlud.

Was war los? „Ich sehe noch genau so gut aus wie sonst. Bin immer noch sehr schlank, bin ein gut aussehender junger Mann, bin sehr sportlich und auch sonst klappt alles ganz normal."

Das einzige, was ihm auf einmal fehlte, war das nötige Kleingeld, um die Mädchen auch zum Essen einzuladen. Typisch Mädchen: Kein Geld, keine Verabredung, kein Schmusen im Kanu unter den Trauerweiden an den Alsterfleeten und keine Spritztouren in die Harburger Berge.

Seit die Gaststätte seiner Eltern geschlossen war, sein Vater nicht mehr lebte und seine Mutter auch kein Geld mehr hatte, war sein Taschengeld auf ein Minimum beschränkt.

Was tun: Sein Hormonhaushalt war zum Bersten gefüllt. Ein Einfall musste her. Noch ein Wochenende ohne Mädchen hält der gesündeste Kerl nicht aus.

Da kam die rettende Idee: „Ich rufe einfach mal alle Mädchen an, die ein Telefon haben und lade sie zu einer Fahrt auf dem Motorrad ein."

Anruf bei Gisela:
„Hier ist Richard, hast Du morgen Lust, mit mir einen Ausflug mit meiner Maschine nach Neugraben zu machen?"
„Ja."
„Das ist ja toll. Bring bitte einen kleinen Picknickkorb mit, dann machen wir uns einen schönen Tag. Also bis morgen, Ecke Wandsbeker Chaussee und Rückertstraße."

Anruf bei Ursula:
„Hier ist Richard, möchtest Du morgen mit mir eine Motorradtour machen?“ „Ja.“
„Toll, dann bis morgen, Ecke Wandsbeker Chaussee und Rückertstrasse, und denke an einen kleinen Picknickkorb.“

Jetzt noch Bärbel und Elsa, und wenn die noch zusagen, muss ja wohl wenigstens eine kommen.

Pünktlich um 10 Uhr fuhr Richard an die verabredete Stelle. Doch kein Mädchen mit Korb war zu sehen. Er schaute die Straßen auf und ab, da sah er mit einem Mal vier Köpfe hinter einer Haustür verschwinden. Verdammt nochmal, alle vier sind gekommen. Und da kamen, nein rannten Sie mit fliegenden Röcken und schwingenden Fresskörbchen auf ihn zu. Er hatte die Maschine aufgebockt und den Motor abgestellt. Jetzt aber schnell den Kickschalter getreten, Griff auf Vollgas und vom Gestell ab einen Kavalierstart. Mit quietschenden Reifen sauste er um die Ecke.
Dann sah er das Hindernis. Er bremste mit voller Kraft drehte sich um die eigene Achse und rutschte unter seiner Maschine auf den nächsten Laternenmast zu. Er hörte noch das Kreischen der vier Mädel, dann wurde es Nacht.

Rückertstraße Nr. 17, ein fünfgeschossiges Haus mit viel Stuck an den Mauern und um die Fenster. Erste Etage rechts, die vier großen Fenster, hier spielt die Geschichte in den nächsten acht Jahren.

Drei Zimmer, Küche mit Speisekammer (hier änderte sich später das Leben) und eine Toilette. Diese Toilette war etwas ganz Besonderes, denn die meisten Häuser hatten nur eine Toilette im Zwischenstock für vier Familien.

Diese Mietwohnung war das einzige, was Martha und ihrer Tochter Gertrud nach dem Verschwinden des Erzeugers übriggeblieben war.

Martha, später Omi genannt, und Gertrud, später Mutti genannt, ein bildhübsches Mädchen mit langen braunen Haaren, einer tollen Figur und dunkelbraunen Rehaugen und gerade 23 Jahre alt geworden.

Es war der besagte Sonntag, strahlend blauer Himmel, so richtig ein Sonntag zum Austoben. Sie rannte die 24 Stufen runter, knallte die Haustür zu und lief, ohne nach links und rechts zu gucken, über die Straße.

Ein Knall, ein Schrei und plötzlich sah sie ein Motorrad und einem jungen Mann darunter. Sie rasten beide auf eine Laterne zu, und dann wurde es plötzlich ganz still. Mit aller Kraft zog sie am Lenker des Motorrades, beugte sich über den jungen Mann, der die Augen geschlossen hatte.

Richard hörte ein leises Hallo und fühlte zwei Hände, die langsam über sein Gesicht strichen. Das Dunkel vor seinen Augen wurde grau, er öffnete sie und sah in ein angsterfülltes Gesicht mit zwei Augen, die ihn groß ansahen.
„Sind Sie verletzt, haben Sie sich etwas gebrochen, können Sie sich bewegen, wie geht es Ihnen?“

Vier Fragen auf einmal konnte er vor lauter Schmerzen nicht beantworten, und so schwieg er lieber und schaute ganz benommen auf das Mädel.
„Wollen Sie ins Krankenhaus?“
Langsam kam er wieder zu sich. Er tastete sich ab, schüttelte sich und stellte fest, dass er wohl einen Schutzengel gehabt hatte.

Als Richard sich erhob und wieder stehen konnte, hörte er die vier Mädchen ziemlich laut rufen:
„Der Mistkerl wird mit dem Motorrad keine Mädel mehr einladen können!“
Dann verschwanden sie mit fliegenden Röcken.

„Was machen wir mit Ihnen?“ fragte Gertrud, „kommen Sie, ich wohne dort oben, dort können Sie Ihre Knochen zählen und Ihr Gehirn wieder in Ordnung bringen. Das Motorrad (sie schaute es kritisch an) wird hier niemand wegnehmen, dort kommt schon ein Schutzmann, der sich bestimmt darum kümmern wird. Es ist unser Nachbar, Herr Sudek.“

Richard stützte sich auf Gertrud und humpelte etwas übertrieben mit ihr über die Straße und die Treppen hinauf.
„Setzen Sie sich hier in die Küche und warten Sie, ich komme gleich zurück“, befahl sie ihm
Er schloss die Augen, Kopfschmerzen stellten sich ein. Er hörte, wie die Tür sich öffnete.
„Danke für die Hilfe, aber wenn Sie nicht so schnell auf die Straße gelaufen wären, wäre das nicht passiert“, verteidigte er sich.
„Das haben wir gerne, erst hilft meine Tochter Ihnen und jetzt geben Sie ihr die Schuld. Machen Sie das immer so? Wenn Sie mit Ihrem Motording nicht so gerast wären, wäre das nicht passiert.“
Es war ihre Mutter, die vor ihm stand, zwei Wolldecken in der Hand.
„Jetzt ziehen Sie Ihre Jacke und Ihre Knickerbockerhosen aus und verhüllen sich mit den Decken, Wasser und Handtuch hängen an der Wand. Meine Tochter wird Ihre Sachen in Ordnung bringen.“

Und dann? Ja, was kam dann? 3 Monate später wurde geheiratet.

1936

Es war der erste Mai 1936. Ich kann mich noch genau erinnern, dass in der ganzen Rückertstraße in Hamburg aus allen Fenstern die Hakenkreuzfahnen hingen. Die ganze Strasse war ein Meer von rot-weiß-schwarz. Auf der Wandsbeker Chaussee marschierten die Arbeiter zum Wandsbeker Marktplatz. Es war Feiertag. Der Tag der Deutschen Arbeit, es wurde aber nicht gearbeitet, sondern nur geredet.

Aber mit der Erinnerung war es natürlich noch nichts, denn ich war fast noch nicht auf der Welt.

Es sollte jede Minute losgehen, denn das Kind sollte am 1. Mai geboren werden. Der Grund war sehr einfach, jedes Kind, welches an diesem Tag geboren wurde, bekam vom Staat (man sagte von Adolf Hitler) einhundert Reichsmark. Und das war eine ganze Menge Geld. Punkt 12 Uhr Mittag setzten die Wehen ein, und so brachten mein Vater und meine Oma meine Mutter ins Eilbeker Krankenhaus. Nach zwei Stunden Wartezeit schickte man beide wieder nach Hause, denn ich ließ noch etwas auf mich warten. Gegen Nachmittag musste der Flur in der Wohnung schon ganz abgetreten worden sein vom ewigen Auf- und Ablaufen meines Vaters. Ein Telefon gab es noch nicht bei uns und so raste mein Vater alle halbe Stunde den Kilometer ins Krankenhaus und machte dort alle mit seinen Fragen halbverrückt. Und er, der sonst immer sehr gut essen konnte, soll nach Auskunft meiner Großmutter keinen Bissen runter bekommen haben. Immer gingen ihm die 100 Reichsmark im Kopf herum. Mittlerweile war es dunkel geworden und die Uhr raste von acht auf neun, weiter nach zehn Uhr. Als es elf Uhr wurde, fing er an zu beten: „Lieber Gott, lass das Kind vor Mitternacht auf die Welt kommen, ich kann das Geld gut gebrauchen“. Um eben vor zwölf stand er wieder vor der Tür, aber die Hebamme, eine sehr strenge Frau, sagte, es tue sich noch nichts.

Dann aber es war es so weit, am 2. Mai 1936, um null Uhr zehn kam ich auf die Welt, ein süßer kleiner Bengel mit einem blonden Lockenkopf. Zwanzig Minuten später kam mein Vater wieder angelaufen, er fiel vor der Hebamme auf die Knie und bat sie, doch meine Geburt um die lächerlichen 10 Minuten zurückzuschreiben. Aber alles Betteln half nichts. Es blieb beim zweiten Mai.

Besuchszeit im Krankenhaus war zwischen 15 und 16 Uhr. Meine Großmutter und mein Vater verließen getrennt die Wohnung. Beide marschierten in verschiedene Bäckereien und kauften für meine Mutter ihren Lieblingskuchen, nämlich ein Stück Schwarzwälder Kirschtorte. Jeder beeilte sich, schnell ins Krankenhaus zu kommen, um der Erste zu sein, der Kind und Mutter sehen konnte. Und so musste es kommen: An der Tür zum Krankenhaus kamen beide zur gleichen Zeit an. Jeder wollte zuerst ins Zimmer; mit der Torte in den Händen war es natürlich schwer die Tür zu öffnen. Und so mussten die Tortenstücke daran glauben. Sie sausten zur gleichen Zeit auf den Boden wie sie durch die Tür wollten. Beide Stücke waren kaputt und so musste meine Mutter den Kaffee ohne ihren Kuchen trinken. Es ist mir auch nicht bekannt, ob sie später Ersatz bekommen hat.

1937

Das Jahr verlief eigentlich ganz normal. Ich war ein richtig süßer kleiner Bengel mit einem blonden Lockenkopf. Meine Tick-Tack-Oma und meine Uroma verwöhnten mich nach Strich und Faden. Ich wanderte von einem Schoß zum andern. Meine Tante Ilse, die Schwester meines Vaters, fand mich sogar goldig. Tante Elsa und Elsa, sie waren Mutter und Tochter, Schwester und Nichte meiner Großmutter, rissen sich um mich und an meinem Kinderwagen mußten sich die Räder bald abgelaufen haben, soviel wurde durch Hamburg-Wandsbek geschoben.

Aber dann kam der 24. August und ich war nicht mehr allein. Ich bekam ein kleines Schwesterchen, Elke Christiane Alma. Ich hatte eine arme Patentante, nämlich meine Oma. Mein Vater wollte für seine Tochter natürlich eine reiche Patentante haben und so wurde es Karla, eine Freundin der Familie. Aber außer einem kleinen silbernen Kinderlöffel kam später kein Geschenk mehr für Klein-Elke. Als wir größer waren und sie besuchten, hat diese „Patentante“ schon an der Tür mit Schaufel und Besen gestanden und immer sofort hinter uns her geputzt, damit ja kein Staub in ihrer Wohnung blieb. Gott sei Dank hatte ich mit meiner Patentante mehr Glück.

1939

„Omi was bedeutet das? Adolf Hitler hat das im Radio gerade gesagt."
Sie stürzte ins Wohnzimmer und hörte sich die Rede weiter an. Adolf Hitler schrie sehr laut, während aus den Fenstern der Straße die Leute schrieen:
„ Es ist Krieg, es ist Krieg."
Ich schaute aus dem Fenster und sah, dass die Leute die Hakenkreuzfahnen aus den Fenstern hängten.
„Was ist Krieg?",
fragte ich meine Großmutter. Ich war mit meinen drei Jahren ein sehr altkluger Bengel, der alles wissen musste. Sie nahm mich auf ihren Schoß und erklärte mir, dass Soldaten auf andere Soldaten schießen. Daß Flugzeuge Bomben abwerfen würden und daß Panzer rollen würden. Viele Menschen mussten im ersten Weltkrieg sterben. Hoffentlich, meinte sie, geht dieser Krieg schnell zu Ende. Sie wolle nicht noch einmal so etwas Schreckliches erleben.
„ Was sind Bomben, was sind Panzer?"
Ich wollte ihr noch Löcher in den Bauch fragen, aber es blieb keine Zeit. Sie war zu aufgeregt um alle meine Fragen zu beantworten.

Nun der Krieg sollte fast sieben Jahre dauern. Gott sei Dank bekam ich in den nächsten drei Jahren nicht all zu viel davon mit.

1940

„Du kannst es, du kannst es", immer wieder sagte ich es zu meiner kleinen Schwester.
„Morgen ist unser großer Auftritt. Du bist zwar erst 2 ¾ Jahre alt, doch was du einmal kannst, das behältst Du auch. Unsere Omi soll doch sehen, dass du auch etwas vortragen kannst."

Elke wollte unbedingt das Lied von der kleinen Ursula singen zum fünfzigsten Geburtstag unserer Omi, und so übten wir beide ganz allein im Zimmer unserer Großmutter, die zur Arbeit war.
„Pass auf", sagte ich, „du nimmst deine Puppe in den Arm und zeigst auf alles, was du singst. Und wenn du nicht mehr weiterkommst, helfe ich dir."

Der große Tag für unsere Großmutter war am 30. April 1940. Die ganze Wohnung roch schon nach Kuchen. Zwei Tage backte unsere Mutter schon, und obwohl Krieg war, konnte man noch alles kaufen. Meine Oma hatte die hölzerne Kaffeemühle zwischen den Beinen und drehte an der Mühle, was das Zeug hielt. Oben in die kleine Öffnung kamen die Kaffeebohnen und unten durften wir Kinder die kleine Holzschublade aufmachen und den frisch gemahlenen Kaffee in eine Blechdose schütten.

Es war Dienstag und da am nächsten Tag, am ersten Mai, Feiertag war, kamen sie alle an: Ticktack – Oma (meine Urgroßmutter), meine Annaoma (die Mutter meines Vaters), die Tanten Paula, Anni und Rosa, Omas Schwester Tante Elsa und ihre Tochter Elsa, sowie Tante Ilse, Vatis Schwester. Auch Omas beste Freundin, Tante Manda, durfte nicht fehlen. Wir waren also 13 Personen. Und das alles ohne die Onkels, die alle im Krieg in Polen, Belgien oder Holland waren. Ich war der einzige Mann bei dieser Feier, da mein Vater Dienst hatte. Na, mir war es recht, so konnte er mir nicht die Schau stehlen. Wieso Schau stehlen? Na, er konnte sehr gut mit dem Mund Trompeteblasen und auch eine Harfe konnte er gut imitieren. Aber diese Sachen kannten alle schon, und für unsere Großmutter wollten Elke und ich etwas Neues bringen.

Der Kuchen wurde aufgetragen, der Kaffee kam und es sollte Omas Nachmittag werden. Doch Pustekuchen. Plötzlich stand meine 1 Meter 49 große und 75 Jahre alte Ticktack-Oma auf, nahm ihr Tuch von den Schultern und zeigte auf eine große goldene Brosche, auf der kleine Steine glitzerten. Alle Frauen redeten zur gleichen Zeit. Was ist das, von wem, warum. weshalb. Sie wartete, bis alle wieder ruhig waren und sagte:
„Am Sonntag kam der Erste Bürgermeister von Hamburg und überbrachte mir den Goldenen Mutterschaftsorden mit Brillianten mit den besten Empfehlungen von Adolf Hitler und dem Deutschen Reich und dem Hamburger Senat. Ich bekäme den Orden für meine 21 Kinder, die ich dem Deutschen Reich geschenkt habe".
Ja, sie hat 7 Jungen und 14 Mädchen das Leben geschenkt. Doch alle 7 Söhne sind im ersten und zweiten Weltkrieg gefallen. Die Mädchen aber sind alle über 88 Jahre geworden, Tante Rosa 104 und Tante Anni sogar 106 Jahre alt.

Meine Omi tat mir leid. An ihrem Ehrentag war sie nicht die wichtigste Person. Elke und ich konnten mit alledem nichts anfangen. Wir wollten unserer Großmutter nur unsere Überraschung bringen.

Wir gingen hinaus, holten Elkes Puppenwagen und ich klopfte ganz laut an die Zimmertür. Mit staksigen Beinen, wie ein stolzer Hahn, kam ich ins Wohnzimmer und krähte wie ein Gockel ganz laut. (Man sagte hinterher, es habe sehr echt geklungen und ich musste es später auf jedem Fest wiederholen.) Und dann kam die erste Ansage meines Lebens:
„Elke und ich haben kein Geld, um unserer Omi etwas zum Geburtstag zu kaufen, dafür haben wir, obwohl wir noch klein sind, für sie etwas auswendig gelernt. Als erstes kommt Elke mit dem Lied: Ich wünsch mir eine kleine Ursula."

Sie kam herein, machte einen Knicks nach links und rechts und begann zu singen:

„ Ich wünsch mir eine kleine Ursula,
hellblond mit blauen Augenpaar,
die Wänglein rot und rund,
ein Näschen stups und klein der Mund.
Sie darf nicht größer als mein Püppchen sein,
ich leg sie dann ins Puppenbettchen rein
und mit uns freut sich dann bestimmt Papa,
ich wünsch mir eine kleine Ursula."

Sie legte die Puppe in den Wagen, machte eine Verbeugung und die Tanten und vor allem meine Großmutter klatschten wie wild. Es war das erste Mal, dass Elke so etwas gemacht hatte. Mann, war ich stolz, dass unser Üben sich gelohnt hatte.

Ein Lied konnte man zu dieser Zeit besonders oft aus unserem Volksempfänger hören, und das wollte ich jetzt für meine Oma singen:

„Gegen Liebe wächst bekanntlich
nirgendwo ein Kraut.
So geh ich heut ins Dorf
und hol mir meine kleine Braut
Kommt sie nicht, weil ich ihr nichts
zu Füssen legen kann,
sagt sie nein, sag ich ja,
aber Mädel hör mich an.

Hoch droben auf dem Berg,
gleich unter den funkelnden Sternen,
da weiß ich ein Haus,
das wartet auf dich mein Schatz.
Und die Wolken, die ziehen dort vorbei,
und das Edelweiß steht vor der Tür
und die die Sonne, die scheint nur für uns zwei

Einerseits andrerseits und - alle mitsingen:

Hoch droben auf dem Berg“

Alle sangen mit und unserer Oma standen die Tränen in den Augen. Wir fühlten uns wie große Künstler und Tante Manda sagte:
„Der wird mal ein zweiter Hans Albers.“
Na ja, viele Jahre später habe ich ihn bei seinem letzten Auftritt in Hamburg angesagt.

Der Frühling verging, der Sommer kam, Elke und ich gingen jeden Morgen in den Kindergarten in der Wandsbeker Chaussee. Morgens wurden wir gebracht und nachmittags abgeholt. Doch eines Tages konnten weder meine Mutter, Vater oder Oma uns bringen. So mussten wir zum ersten Mal allein in den Kindergarten gehen, wir waren ja auch keine Babys mehr.

So zottelten wir los. Viel Verkehr war nicht, es war ja Krieg und viele Autos waren vom Staat beschlagnahmt und in den Krieg geschickt worden. Doch wie wir es versprochen hatten, warteten wir an der Hauptstrasse. Wir fragten einen Passanten, ob er uns über die Straße bringen könnte, wir müssten in den Kindergarten. Er war so freundlich und wir sagten auch artig Danke. Dann kamen wir eben vor dem Kindergarten an einem Busch vorbei, der voller Erbsen hing.

“Guck mal,“ sagte ich, „die haben wir am Sonntag ausgepult und gegessen.“

Wir machten uns also über die „Erbsenschoten“ her, öffneten sie und aßen die grünen kleinen Erbsen. Plötzlich hörten wir eine Stimme neben uns:
„Was macht ihr da, die Früchte sind sehr giftig, das ist Goldrausch! Wo wollt ihr hin? In den Kindergarten?“
Der Mann nahm uns an die Hand und brachte uns die paar Häuser

weiter zum Kindergarten. Er schrie:
„Schnell, telefonieren Sie mit der Feuerwehr, die Kinder haben die giftigen Früchte gegessen!“
Die Feuerwehr kam mit heulenden Sirenen, packte uns und fuhr mit uns ins Eilbeker Krankenhaus. Wir wussten nicht, wie uns geschah. Uns ging es doch gut. Aber im Krankenhaus ging es uns nicht mehr gut. Wir mussten ganz schnell und viel irgendwelches Zeug trinken, dann wurde uns ein Schlauch in den Mund gesteckt und in unseren Hals geschoben. Der Arzt sagte:
„Wir müssen den Magen auspumpen.“
Es war widerlich, so richtig zum Kotzen und wir wissen nun: Nie wieder diese Erbsen!

An den Abend mag ich nicht mehr zurückdenken. Denn kaum zu Hause, schrie mein Vater:
„Wieso machst Du so etwas? Du willst schon groß sein! Du willst alles alleine können! Geh hoch zu Sudecks und hole die siebenschwänzige Peitsche.“
Ich schlich nach oben. Bernhard, mein Freund, hatte die Schreierei schon gehört und stand wartend an der Tür.
„Ich soll die Peitsche holen,“ heulte ich.
Seine Mutter gab sie mir, und Bernhard flüsterte:
„Das tut ganz doll weh.“
Und es tat weh. 10 Hiebe knallten auf meinen kleinen vierjährigen Hintern, aber ich habe nicht geschrieen und das hat meinen Vater, glaube ich, sehr geärgert. Später musste ich noch zweimal nach oben, um das Scheißding zu holen.

Mutter und Kind, Kinderlandverschickung, Müttergenesungswerk und Kraft durch Freude, das waren Sprüche der Propagandaabteilung des 3. Deutschen Reiches. Kraft durch Freude war für die Ehepaare bestimmt, von denen der Mann auf Heimaturlaub war oder wo der Ehemann in den Krieg ziehen musste. Sie sollten sich erholen oder Kraft tanken, um an die Front zu gehen. Das Müttergenesungswerk war für die Frauen bestimmt, die sehr krank waren und die in einem mehrwöchigen Urlaub wieder in den Arbeitskreis zurückfinden sollten. Die Kinderlandverschickung war dafür gedacht, dass Kinder von Frauen, die in der Rüstungsindustrie tätig waren, Urlaub machen konnten und die Frauen so länger an den Laufbändern stehen konnten.

Im September 1940 wurde mein Vater eingezogen. Sein schöner Posten bei der Bahnpolizei war dahin. Er kam zu einer Sanitätsstaffel an die Mecklenburgische Seenplatte, um als Sanitäter ausgebildet zu werden. Nebenbei musste er im Namen des Arbeitsdienstes auch bei den umliegenden Landwirten bei der Erntearbeit helfen. Meine Mutter, meine Schwester und ich fuhren über das Mutter-und-Kind-Programm für mehrere Monate nach Münchberg ins Fichtelgebirge. Es war unsere erste lange Zugreise. Schon tagelang vorher konnten wir nicht richtig schlafen. Über 9 Stunden waren wir von Hamburg-Altona bis Münchberg unterwegs.

In Münchberg angekommen, einer kleinen Stadt, fragten wir meine Mutter: „Wo sind denn hier die hohen Häuser? Gibt es hier keine Straßenbahn? Wohin müssen wir denn zum Einkaufen gehen?“
„Nun wartet erst mal ab, welche Wohnung uns der Kreisleiter zuweist,“ war ihre Antwort.

Die Überraschung war groß, es war ein süßes kleines Landhaus mit Wohn-Schlafzimmer, kleiner Küchenecke und – hurra! - einem Badezimmer. Es war das erste Mal, dass wir so etwas Schönes sahen, denn bis jetzt wurden wir immer nur samstags in einer Zinkbadewanne, die auf den Küchentisch gestellt wurde, gebadet. Das Wasser kam dann aus mehreren Kesseln vom Kohleofen. Gott sei Dank, kamen wir an einem Freitag an, so dass wir bis Samstag nicht mehr lange warten mussten, bis wir in die schöne Badewanne konnten.

„Warum sprechen die Leute hier so komisch Mutti? Die sagen immer Häusla und Weibla und Männla.“

„Ja,“ sagte sie, das ist hier der fränkische Dialekt.“

Als ich das erste Mal zum Bäcker in die Stadt ging um Rundstücke, wie bei uns in Hamburg die Brötchen hießen, zu kaufen, sollte ich in die fränkische Sprache eingeweiht werden. Ich betrat die Bäckerei, in der es so gut nach Brot, Rundstücken und Kuchen duftete, dass ich richtigen Hunger bekam.
„Bitte geben sie mir sechs Rundstücke“, sagte ich zu der ziemlich dicken Bäckersfrau.
„Rundstücke ham mer net, Bübla.“
„Was sind denn das da“, sagte ich und zeigte auf einen großen Korb.
„Ah, Labla manst.“
Nun, ich bekam die Labla, und zu Hause konnte ich nun schon sehr gut fränkisch sprechen. Später sollten noch viele Worte dazukommen.

Um das Haus herum war ein schöner Park, der allerdings mehr wie ein kleiner Wald aussah. Ahornbäume, Buchen, Eichen, alles war auf diesem Grundstück vertreten. Wir konnten herrlich Verstecken und Räuber-und-Gendarm spielen. Eines Tages spielten wir Indianer, meine Mutter pflückte viele Ahornblätter ab, und wir machten uns daraus einen richtig schönen Indianerkopfschmuck.

Auf der Wiese vor dem Haus konnten wir auch prima Ballspielen und da wir nun schon älter waren, flogen die Bälle auch schon höher. Einmal landete der Ball von Elke auf dem Dach. Ich krabbelte über das kleine Gerätehäuschen auf das Dach und warf ihr den Ball zu. Dabei kam ich ins Rutschen und fiel über das Gerätehäuschen auf die Erde und mit meiner rechten Hand in eine spitze Glasscherbe. Das Blut spritzte aus meinem Handgelenk, Elke schrie:
„Mutti, Mutti, Horst verblutet!“
Mutti nahm ihren Gürtel vom Kleid, band ihn um meinen Arm und zog mit aller Kraft zusammen. Sie nahm mich über die Schulter und rannte mit mir in das dicht beim Landhaus liegende Krankenhaus.

„Zwei Zentimeter weiter“, sagte der Arzt, „und es wäre die Hauptschlagader getroffen worden, er hatte wirklich Glück.“
Die Narbe von dieser Wunde sieht man heute noch, wo ich schon 70 Jahre alt bin.

Es war eine erlebnisreiche Zeit und so verging der Herbst und die ersten Schneeflocken verzauberten unseren Wald in ein Märchenparadies. Es schneite ununterbrochen viele Tage. So schön hatten wir uns die Welt nicht vorgestellt, denn in Hamburg hatten wir nie so viel Schnee gesehen.

Eine Woche vor Weihnachten kam auch unsere Omi mit einem Koffer und vielen Paketen in Münchberg an. Wir holten sie vom Bahnhof ab und durften die schön verpackten Päckchen zu unserem Landhaus tragen.

Da in dem Schlafzimmer nur zwei Betten waren, begann hier nun die Zeit, in der ich jahrelang fast immer mit meiner Großmutter in einem Bett schlafen musste und Elke mit Mutti.

Meine Mutter hatte inzwischen die Familie Schott kennen gelernt, die zwei Mädchen und einen Jungen hatte. Bei ihnen waren Mutti und Omi zwei Tage vor Weihnachten eingeladen. Sie gingen fort, als wir eingeschlafen waren. Doch irgendwie, es muss wohl aus Neugier gewesen sein, wachten wir wieder auf. Wir hatten gesehen, wie meine Großmutter die Päckchen in den Schrank neben dem Bett eingeschlossen hatte. Der Schlüssel war natürlich abgezogen, aber wir wollten gerne sehen, was in den Päckchen war. Mit vereinten Kräften nahmen wir die Schublade über den Türen heraus und schoben einen Riegel von innen herunter. Die Türen öffneten sich und die Pakete lagen vor uns. Neugierig nahmen wir die Päckchen aus dem Schrank, gingen wieder ins Bett und packten sie vorsichtig aus. Es sollte ja keiner merken, dass wir bereits unsere Geschenke gesehen hatten.

Für Elke waren eine schöne Schildkrötpuppe da und Vorlagen für eine Anziehpuppe mit Kleidern, Mänteln und Schuhen. Sie konnte nicht widerstehen, sie holte die Schere und fing an, die Anziehpuppe auszuschneiden. Für mich entdeckte ich den Karton mit der Aufzieheisenbahn mit Schienen und mit Weichen. Die baute ich sofort auf dem Bett zusammen, zog die Eisenbahn auf, und obwohl alles krumm und schief auf dem Bett lag, hoppelte der Zug über die Schienen.

Darüber schliefen wir im erleuchteten Raum ein. Omi und Mutti traf fast der Schlag, als sie uns mit der ganzen Bescherung im Bett liegen sahen. Aber sie konnten uns nicht böse sein, denn wir lagen dort wie zwei pausbackene Engelchen mit einem verträumten Lächeln. Ganz vorsichtig packten sie alle Sachen wieder ein, verknoteten die Weihnachtspäckchen wieder und stellten sie zurück in den Schrank. Als wir am Morgen aufwachten, schauten wir auf unsere Betten und sahen nichts. Elke sagte zu mir:
"Haben wir das alles nur geträumt?"
Aber wir sagten nichts, vielleicht hatte Elke ja auch Recht.

Der Heiligabend kam, der Besitzer des Landhauses, Herr Schöbl, hatte uns einen schönen Weihnachtsbaum gebracht, den wir mit ein bisschen Lametta, Tannenzapfen und selbstgemachten Strohsternen schmückten. Als wir jetzt die Geschenke auspacken durften, merkten wir, dass wir nicht geträumt hatten, denn Elke fiel die ausgeschnittene Anziehpuppe aus dem Päckchen entgegen. Nun erst erzählten Mutti und Omi mit ernsten, dann mit lachenden Worten, wie erstaunt sie gewesen waren, als sie uns mit den Geschenken in den Betten fanden. Eigentlich war es schön, dass wir so neugierig gewesen waren, so hatten wir zwei Heiligabende.

1941

Nun, ich war nicht immer der nette kleine Knabe. Wenn ich meinen Kopf nicht durchsetzen konnte, habe ich meine Mutter mit Füßen getreten und mich auf die Erde geschmissen. Vor meiner Großmutter allerdings hatte ich bedeutend mehr Respekt. Die Krönung meiner Frechheit leistete ich mir aber am 1. Januar, am Neujahrsmittag.

Die schöne Zeit in Münchberg ging vorbei, wir mussten langsam Abschied nehmen, und so gingen wir mit der Familie Schott ins Hotel Adler, um bei einem Essen auf Wiedersehen zu sagen. Mir gegenüber saß Ruth, die mit 15 Jahren schon fast erwachsen war. Es war uns allen klar, dass wir uns wahrscheinlich nie mehr wiedersehen würden (aber das war ein Fehlschluss). Das Essen ging in die letzte Phase und die letzte Kartoffel lag in der Schüssel. Ruth sah mich an, ich sah sie an und ich merkte, die blöde Kuh wollte diese Kartoffel noch haben. Wir nahmen beide unsere Gabel, aber Ruth war größer und hatte längere Arme. Sie erwischte die Kartoffel und steckte sie sofort in den Mund. Wie es dann kam, weiß ich nicht. Meine Gabel flog über den Tisch und Ruth genau oberhalb ihrer Augenbraue in die Schläfe. Alle vier Zinken hatten getroffen und die Gabel hing an ihrem Gesicht herunter. Da war es das erste Mal, dass ich von meiner Mutter eine so saftige Ohrfeige bekam, die mich vom Stuhl runterpurzeln lies.

Die ganze Stimmung war dahin. Aber der Schreck bei Ruth war größer als der Schaden. Als die Gabel wieder auf dem Tisch lag, stellten wir fest, dass nichts passiert war, und dass bei ihr auch keine Narbe bleiben würde. Schlimm war aber der nächste Tag. Ich musste zu Schotts in die Wohnung und mich entschuldigen. Die ganzen Süßigkeiten, die noch auf meinem bunten Teller von Weihnachten waren, musste ich zu Ruth, der verfressenen Ziege, bringen. Ob sie meine Entschuldigung annahm, weiß ich nicht mehr so genau, aber die Schokolade und Kekse nahm sie mir gierig aus den Händen.

In Bayern war am 6. Januar Feiertag, Heilige drei Könige, aber wir konnten nicht dabei sein, denn wir saßen schon im Zug nach Hamburg. Was erwartete uns nach vier Monaten zu Hause? Mein Vater stand am Bahnhof und holte uns ab. Mein Gesichtsausdruck muss nicht gerade freundlich ausgesehen haben, denn er fragte:
„Was ist mit dir los, freust du dich denn gar nicht auf mich und dein zu Hause?“
Meine Mutter sagte schnell: „Die Kinder sind hundemüde und müssen schnell ins Bett.“
Ich allerdings dachte mehr an die Siebenschwänzige Peitsche und die eventuellen Schmerzen.

Vati hatte seinen Grundwehrdienst in Mecklenburg absolviert und musste die nächsten Monate in Hamburger Krankenhäusern Dienst für seine Sanitätsprüfung machen. Deshalb war er auch nicht oft zu Hause. Das dachten wir jedenfalls.

An einem Sonntag, wir saßen einmal wieder alle gemeinsam am Tisch, sagte ich:
“Igittigitt, das Essen schmeckt aber heute gar nicht.“
Mein Vater sprang auf, nahm meinen Teller und mich am Kragen, und sperrte mich in die Toilette ein. Dort sollte ich solange bleiben, bis ich das Essen aufgegessen hatte. Nun, das Toilettenbecken war groß und leer und so kippte ich das Essen dort hinein. Da fiel mir auf einmal ein, dass es beim Runterspülen ja laut werden könnte. Was tun? Ich nahm ganz viel Toilettenpapier und versuchte, alles nach unten zu schieben, aber es half nichts, ich konnte nichts verbergen. Mein Vater fragte mehrmals: “Bist Du fertig?“ Ja, fertig war ich, aber nicht so, wie er meinte.

Dann kam er herein und wollte mich gerade loben, dass ich alles aufgegessen hatte, als er die Bescherung sah. Er schaute mich an und deutete mit dem Daumen nach oben. Zum zweiten Mal musste ich die Peitsche holen. Er war so wütend, dass er immer wilder auf mich

einhieb. Meine Mutter schrie, er solle aufhören, und Elke krabbelte unter den Tisch in Omas Zimmer, steckte sich die Zeigefinger in die Ohren und schrie auch ganz laut, damit sie mein Schreien nicht hören konnte.
Nachdem ich die Peitsche wieder nach oben gebracht hatte, sagte mein Vater zu mir: „Das musste sein, und glaube mir, das hat mir genauso weh getan wie dir.“

Dann beehrte er uns nur noch ab und zu. Er brachte seine Wäsche zum Waschen, die meine Mutter immer mit Sil einweichen und mit Persil kochen musste und auf dem Waschbrett rubbelte. Beim Auswringen haben wir Kinder immer mitgeholfen.

Aber am Ostersonntag war er wieder da. Er wollte wohl liebender Vater spielen. Wir wussten aber, dass er viel lieber den Schweinebraten und die Klöße genießen wollte, die meine Oma und Mutter so gut in Bayern zu machen gelernt hatten.

Ich war auf der Straße noch sehr ins Spielen vertieft, als meine Mutter aus dem Fenster rief:
“Horst raufkommen, das Essen ist fertig!“
„Oh, bitte noch ein bisschen, es ist gerade so spannend!“ war meine Antwort.
Da schaute mein Vater aus dem Fenster und mir war sofort klar, was das bedeutete. Rauf zu Sudeck und die Peitsche holen, war eins.
Alle saßen schon im Wohnzimmer am gedeckten Tisch. Ich schlich mich mit der Peitsche zurück in die Wohnung und versteckte mich in der Speisekammer hinter dem Besen und dem großen Wäschekorb.
Die Tür ging wieder einen kleinen Spalt auf, und so konnte ich das Schlimmste, was mir bis dahin in meinem Leben passiert war, mit verfolgen.

Meine Mutter bat Vati, mich wegen einer so kleinen Lappalie nicht wieder zu schlagen, besonders, wenn er mal zufällig wieder zu Hause sei. Sie wollte nicht, dass Elke mitbekommen sollte, was sie ihm sonst noch zu sagen hatte, und so ließen sie das Essen kalt werden und gingen in die Küche. Mich hatten sie ganz vergessen.

„Warum lässt du uns immer allein? Wo bist Du immer? Zusammen im Bett waren wir auch lange nicht mehr. Ich habe von der Telefonzelle aus im Krankenhaus angerufen, wo du bleibst, da sagte man mir, dass ich dich doch gerade abgeholt hätte. Da es gerade der 1. April war, haben die Schwestern gedacht, dass es ein Aprilscherz sei.“
„Was, du spionierst mir nach?“ rief er.
Er sprang auf meine Mutter zu, sie hob die Arme hoch. Da kamen auch schon die Schläge. Er schlug auf sie ein und schrie wie von Sinnen:
„Ja, ich habe eine andere, und die ist sehr gut im Bett. Glaubst du, ich habe die vier Monate ohne Sex ausgehalten? Als ich euch in Münchberg unverhofft besucht habe, habe ich gesehen, wie du mit einem anderen Mann aus dem Kino gekommen bist.“
Er wollte wieder losschlagen, als ich mit einer Schaufel aus der Speisekammer stürzte und ihn auf den Rücken schlug. In diesem Moment kam meine Oma in die Küche. Mit verweinten Augen stand sie in der Tür, und sagte nur einen Satz:
„Verlassen Sie sofort meine Wohnung!“

Da ging er, und wir haben ihn erst wieder 1944 in Münchberg für drei Minuten auf dem Bahnhof gesehen.

Die Scheidung kam sehr schnell. Meine Mutter wurde schuldlos geschieden, obwohl der Gegenanwalt alles versuchte, sie zum beiderseitigen Einverständnis zu bringen. Später haben wir erfahren, dass die Sekretärin des Anwalts die Geliebte und spätere Ehefrau meines Vaters war. Sie wollte, dass er so wenig wie möglich für uns bezahlen sollte.

Nun, das Geld von meinem Vater reichte hinten und vorne nicht, und das Geld vom Gehalt unserer Großmutter war auch nicht groß. Also wollte und musste meine Mutter arbeiten gehen. Im Krieg gab es genug Arbeit für Frauen. Sie wurde Briefträgerin. Jeden Morgen ging sie zur Post. Sie sortierte die Briefe und fuhr sie mit dem posteigenen Fahrrad aus. So konnte sie uns am Mittag wieder vom Kindergarten abholen.

Was tat Adolf Hitler nicht alles, um Männer vorzeitig in den Krieg zu bekommen. Er ordnete zum Beispiel an, daß die Kinder statt zu Ostern schon im Oktober in die Schule mussten. So konnten die Jungs ein halbes Jahr früher zur Hitlerjugend und früher arbeiten oder zum Militär gehen. Aber diese Gedanken des Dritten Reiches begriffen wir erst viel später. Zu dieser Zeit hörten wir aus dem Radio nur, wie gut unsere Soldaten kämpften, und daß sie ein Land nach dem anderen besiegten.

Der Oktober kam und ich durfte mit 5 ½ Jahren schon in die Schule. Es wurde aber auch Zeit für mich, so dachte ich mir, denn ausschließlich zu spielen wurde mir allmählich langweilig. Von nun an war ich immer der Jüngste und Kleinste in Schulen oder auch sonst überall. An den Namen meiner Lehrerin kann ich mich heute noch gut erinnern. Fräulein Gerdau. Als sie uns nach Namen und Eltern fragte, sagte ich voll stolz:
"Meine Mutter ist Briefträgerin und mein Vater ist ein Arschloch."
Die ganze Klasse lachte, aber meine Lehrerin sagte nur:
„So etwas sagt man nicht, aber wir werden uns über das Thema noch später unterhalten."
Vor der Schule standen meine Mutter, Oma und Elke mit einer riesigen Schultüte, die fast größer war als ich. Voller Stolz trug ich sie nach Hause.

Der Winter kam und Weihnachten stand vor der Tür. Elke kam zu meiner Mutter und sagte:

„Mutti, ich glaube Horst hat sich mit Buntstiften das ganze Gesicht mit roten Punkten angemalt und jetzt versucht er sie wieder weg zu kratzen.“
Aber es waren keine Buntstiftflecken, es waren die Masern. Es juckte sehr, doch der Doktor sagte, dass ich nicht kratzen dürfe. Na, der hatte gut reden.
So verlebte ich den Heiligabend und die Weihnachtstage mit Masern im Bett. Hunger hatte ich auch nicht, und selbst der bunte Teller mit den Süßigkeiten, der jedes Jahr auf dem Gabentisch lag, blieb unangetastet. Das heißt, meine Schwester, die so gerne naschte, kam immer wieder in das verdunkelte Zimmer und stibitzte ein Stück nach dem anderen. Da ich fast immer schlief, bemerkte ich dies gar nicht. Aber als es mir wieder besser ging und ich meine Schokolade, Fondantkringel und Kekse essen wollte, war nichts mehr da. Sie sagte zu mir:
„Ich hatte dich gefragt, und du hast nicht nein gesagt.“
Ich war so stinkwütend, dass ich bittere Rache schwor. Und die nahm ich mir später. Als sie an Pocken geimpft war und die Narben auf ihrem Arm schön dick waren, habe ich sie sie ihr im Schlaf abgekratzt. Meine Mutter war sehr bestürzt, da das sehr gefährlich sein konnte. Sie lief mit ihr zum Arzt, der sie aber beruhigte. Mann, war ich froh, daß mein Vater nicht mehr bei uns zu Hause lebte.

1942

Der Krieg ging nun schon in das vierte Jahr. Viele Soldaten waren schon gefallen. Viele meiner Klassenkameraden kamen manchmal nicht zur Schule, Als sie erfuhren, dass ihre Väter im Krieg gefallen waren, waren sie so traurig, dass sie ein paar Tage zu Haus bei ihren Müttern bleiben durften.

Ich merkte es auch am Essen, wir aßen nur noch am Sonntag Fleisch. Statt Butter gab es meistens nur Margarine. Ja, viele Sachen wurden sehr knapp. Eines Tages zeigte mir meine Mutter so komische rosa Karten mit vielen kleinen Abschnitten, auf denen unsere bescheidenen monatlichen Zuteilungen für alle Lebensmittel standen. Beim Einkauf wurden dann vom Bäcker oder Schlachter die Marken abgeschnitten, ebenso im Krämerladen. Mit diesen Lebensmittelkarten konnte man aber auch handeln. Für Zigarettenmarken konnte man Butter eintauschen und auch sonst wurden diese Karten immer wertvoller, denn der Krieg ging leider immer weiter.

Aber den Mut hatten die Leute noch nicht verloren. Von nun an durften wir nichts mehr wegwerfen, was noch irgendwie zu gebrauchen war.

Dann kam ein Aufruf in unserer Schule. Vier Wochen lang sollten alle Schüler und Schülerinnen Altpapier, Silberpapier und Knochen sammeln. Unsere Lehrerin nahm das zum Anlass uns zu erklären, was man mit den Sachen anfangen konnte. Aus Altpapier konnten die Fabriken neues, allerdings nicht so weißes Papier herstellen. Das Silberpapier oder Stanniol zum Beispiel aus den Zigaretten wurde auch gebraucht und wieder für viele Sachen verwendet. Ich fragte Fräulein Gerdau:
„Aber was machen die aus den Knochen? Die kann man doch nicht noch mal auskochen?“
„Die Knochen kommen in die Chemischen Fabriken, und diese Firmen machen aus den Knochen Seife. Also, sammelt schön in den nächsten Wochen und für den, der am meisten sammelt, wartet eine

große Überraschung."

Treppauf, treppab. Vier Wochen lang, vom Schulende bis zum späten Nachmittag, wir hatten vier Wochen keine Schularbeiten auf, an jeder Tür klingeln. Wenn die Tür sich öffnete, Hacken zusammenschlagen, Arm zum Gruß erheben, und dann: „Heil Hitler, haben Sie Altpapier, Stanniol und Knochen?"

Diesen Satz habe ich mein ganzes Leben nicht vergessen. Noch keine sechs Jahre alt, muss ich bei allen Leuten viel Mitleid oder Sonstiges erregt haben, denn jeden Abend an der Schule hatte ich am meisten abgegeben. Am Ende bekam ich vom Rektor zur Belohnung eine neue Schülermütze. Mit dieser neuen Mütze und meinem Samtanzug sollte ich am Freitag zur Schule kommen. Ich sollte Adolf Hitler, der zu einem Kurzbesuch in Hamburg war und eine Kaserne in Hamburg Wandsbeck besuchen wollte, einen Strauß Blumen übergeben.

Alle Schülerinnen und Schüler, sowie viele Leute standen an der Wandsbecker Chaussee. Mein Rektor hatte eine riesengroße Hakenkreuzfahne mit einem weißen Tuch vor sich auf die Strasse gestellt. Und dann kamen die Motorräder und im Gefolge der große Horch. Ein ganz tolles schwarzes Auto. Genau an der Fahne hielt der Wagen. Der Rektor sprang vor: „Heil Hitler, Guten Tag mein Führer, hier ist der Junge, der das meiste Altmaterial gesammelt hat."
Ich sprang auf das Trittbrett, schrie:" Heil Hitler" ,
zog meine Mütze vom Kopf und überreichte ihm den Blumenstrauß.
Er strich mir über den Kopf und sagte zu mir: „Danke, mein Junge."
Dann fuhr der Convoy weiter.

1943

„Elke, Horst, aufstehen, die Sirenen heulen, es ist Fliegeralarm!“, rief meine Mutter.
Schon wieder raus aus den Betten, wie schon oft in den letzten Wochen. Die Kleider lagen griffbereit neben unseren Betten auf einem Stuhl. Die Koffer mit den wichtigsten Sachen standen an der Tür. Elke und ich steckten ein Stück echte Lakritz in den Mund, nahmen unsere Wolldecke unter den Arm, meine Mutter einen Koffer und meine Oma die restlichen Decken und eine Tasche mit den wichtigsten Papieren.

Im Eiltempo ging es die Treppen hinab. Die letzten Male konnten wir die Flugzeuge immer aus großer Entfernung hören, aber heute, am 13. Juli, war es grauenvoll. Es hörte sich an, als wären Millionen von Flugzeugen in der Luft. Die Scheinwerfer tasteten mit ihren riesigen Lichtfingern den Himmel ab, um die Piloten in ihren Maschinen zu blenden. Der Lärm kam immer näher. Wir nahmen unsere Beine in die Hand und liefen im Eilschritt die Straße hinauf zum Haus Nr. 7. Durch einen Torweg unter dem Haus ging es in den Hof, wo der unterirdische Luftschutzbunker lag. Wir nahmen unsere Plätze wie immer ein, lutschten an unseren Lakritzstückchen und horchten angstvoll nach draußen.

Plötzlich ein Heulen und Sausen, dann ein Krachen, Knallen, und ein Zittern ging durch den Bunker. Die Leute kreischten, und wie auf ein Kommando rückten alle Menschen näher zu einander.
Mein Freund Bernhard saß neben mir und fragte: „Ist das der Weltuntergang?.“
Wieder und wieder krachte es und heulte es auf. Der Luftschutzwart, der an der Tür des Bunkers saß, musste einen Blick nach draußen gemacht haben. Er kam zu uns und sagte:
„Bomben über Bomben! Sie fallen vom Himmel in unsere Häuser. Das Haus Nr. 1 und 3 und 8 und 10 sind getroffen und brennen.“

Schon wieder hörte man eine Welle von Flugzeugen kommen. Die

Luft im Bunker war jetzt von schreienden und heulenden Kindern erfüllt. Die Mütter legten schützend ihre Arme um sie und murmelten leise tröstende Worte. Nun wurde es grauenvoll. Man konnte hören, wie die Bomben in die Häuser einschlugen und die Häuser zusammenstürzten. Elke und ich nahmen beide gleichzeitig unsere Lakritzen aus dem Mund und ahnten, dass etwas Schlimmes passiert sein musste. Der Luftschutzwart kam wieder in unseren Raum und musste jetzt schreien:
„Nun sind Haus Nr. 14, 16, 17 und 21 getroffen worden."
Meine Mutter schrie: „Oh, mein frisch gebackener Sonntagskuchen!"
Aber immer mehr Wellen von Bombern kamen angeflogen. Drei Stunden saßen wir jetzt schon im Bunker. Wir hatten Durst und Hunger und einige konnten es hier nicht mehr aushalten.

Dann wurde es auf einmal ruhig, und nach einiger Zeit hörten wir die Entwarnungssirenen. Die Türen des Bunkers öffneten sich und alle drängten nach draußen. Welch ein grauenvolles Bild zeigte sich vor unseren Augen. Wir starrten in ein Meer von Flammen. Die Häuser rings um uns her schienen alle zu brennen, man hörte Balken brechen und rechts von uns brach ein ganzes Haus zusammen.

Schnell durch den Torweg von Nummer 7.
„Schnell, beeilt euch, das Haus brennt und wird gleich zusammenfallen!"
Es gab ein Geschiebe und Gedränge, Kinder verloren ihre Eltern. Es wurde geschrieen und gerufen. Wir eilten, so schnell wir konnten, meine Mutter mit Elke an der einen Hand, dem Koffer in der anderen und meine Oma mit Handtasche und mir hinterher. Wir liefen durch den brennenden Torweg, zehn Meter hinter uns mein Freund Bernhard mit seiner Familie. Plötzlich ein ohrenbetäubender Krach, ich hatte wohl die Hand meiner Großmutter losgelassen und wurde mit einem Druck nach vorne geschleudert. Das Haus hinter uns war zusammen gebrochen und Steine hatten mich noch gestreift. Als ich

aufstehen wollte, schrie meine Mutter: „Oh, der Junge brennt!“ Sie riss meiner Oma eine Wolldecke aus der Hand, warf sie über mich und erstickte die Flammen, die aus meiner Kleidung kamen. Ich war in eine Phosphorlache gefallen und durch das herbfallende brennende Haus hatte meine Kleidung Feuer gefangen. Nur durch die Geistesgegenwart meiner Mutter wurde Schlimmeres verhindert.

Schnell zum Haus. Wir standen davor. Nr. 15 und Nr.19 waren noch heil. Aber unser Haus brannte schon von oben und man konnte sehen, wie die Flammen weiter nach unten fraßen. Meine Mutter stellte den Koffer ab und bemerkte genau in diesem Augenblick, dass sie den falschen Koffer genommen hatte. Den Koffer mit den Wertsachen hatte sie stehen lassen. Sie starrte ihn sekundenlang an, dann schrie sie auf:

„Ich laufe nach oben und hole den anderen Koffer und den schönen Kuchen.“

Sie lief in das Treppenhaus, aber ein Luftschutzwart lief hinterher und schrie:

„Sind Sie verrückt!“

Er zerrte sie am Arm wieder heraus. Sekunden später sahen wir, wie das Haus einstürzte

Da standen wir nun, eine Mutter mit zwei Kindern und eine Großmutter, in der vom Feuer hellerleuchteten Straße. Kein Dach über dem Kopf, nur das, was wir auf dem Leibe trugen, und noch ganz benommen vom Schock. Wir mussten sehr traurig ausgesehen haben, denn der Luftschutzwart sagte zu mir:

„Kleiner, im Eilbekerweg im Hochbunker, werden Leute aufgenommen, die ausgebombt sind.“

Und dieses Mal nahm ich siebenjähriger Junge meine Mutter an die Hand. Wie in Trance gingen wir die paar Strassen hinunter bis zu dem Bunker.

Hier standen einige Frauen mit heißem Muckefuck, wie man den

Ersatzkaffee nannte, und dünnem Kakao. Es war Nacht, und wir waren sehr müde. Doch zum Schlafen sollten wir nicht kommen. In einem großen Raum standen ungefähr 40 Doppeletagenbetten. Man teilte uns zwei zu, wir legten uns angezogen, wie wir waren, hinein, die Kinder oben, die Erwachsenen unten.

Warum sollten wir nicht zum Schlafen kommen, obwohl wir so müde waren? Neben uns lagen viele Leute, die wimmerten, und gleich neben mir lag ein Mann, der sehr schwer verletzt war und immer nach einem Doktor schrie.
Eine Frau rief und schrie: „Wo ist mein Hund, wo ist mein Hund?"

Und plötzlich musste ich an Bernhard denken. Er war doch ganz dicht hinter uns, als ich durch den Torweg ging und dieser hinter mir zusammenstürzte. Ich lehnte mich aus meinem Bett, schaute meine Großmutter an und fragte:
„Wo ist Bernhard und seine Eltern?"
Sie sagte: „Horst, Du warst der Letzte, der durch den Torweg kam. Vielleicht sind sie durch einen anderen gekommen."
Es war ein guter Gedanke, aber ich wusste, den Freund wirst du nicht wieder sehen.

Am Sonntag, der 14. Juli morgens, es war ungefähr sieben Uhr, kam eine Lautsprecherdurchsage:
„Achtung, Achtung für alle, die heute Nacht ausgebombt worden sind und keine Möglichkeiten haben, bei Freunden und Verwandten unterzukommen, fahren heute, soweit keine Fliegerangriffe sind, Züge nach Süddeutschland. Es bestehen leider keine Verkehrsmöglichkeiten, da Straßenbahnschienen durch Trümmer nicht befahrbar sind. Auch sind viele Straßenbahnen und Busse zerstört worden. Wir möchten Sie bitten, sich sofort auf den Weg zu machen, da mit weiteren Angriffen zu rechnen ist."

Uns fiel sofort Münchberg ein. Raus aus dem Bunker und zur Rückertsstraße. Und da sahen wir, was dieser Bombenangriff angerichtet hatte. Überall waren Häuser zerbombt, zum Teil brannten sie noch und einige Häuser waren auf die Straße gestürzt. Wir standen vor unserem Haus und konnten es gar nicht glauben, was wir sahen: Das ganze Haus war in sich zusammengestürzt, und die beiden Häuser daneben waren wie durch ein Wunder unverletzt. Die Nachbarn kamen aus dem Haus, sahen uns und riefen:
„Ach, ihr lebt Gott sei Dank noch, aber wie seht ihr aus! Horsts Kleidung sieht am Rücken aus, als wenn er gebrannt hätte. Was wollt ihr machen, wo wollt ihr hin?"
„Wir müssen so schnell wie möglich versuchen, zum Hauptbahnhof zu kommen, um wieder ins Fichtelgebirge zu fahren, denn dort sind keine großen Städte, die von Bombern angegriffen werden könnten."
„Aber ihr habt ja gar nichts weiter zum Anziehen!"
Einige der Familien liefen in ihre Wohnungen und suchten für uns Kleidung zusammen. Bei einem Ehepaar konnten wir uns in der Kellerwohnung frisch machen und uns zum Teil neue Kleidung anziehen. Elke und ich bekamen jeder einen alten Rucksack, in dem wir alle unsere Sachen, die wir bekamen, verstauten. Meine Mutter erhielt einen alten Pappkoffer, den wir mit einem dicken Seil verschnürten. Wir bedankten uns sehr und zogen los.
Ein paar Häuser weiter stand die Inhaberin des Krämerladens, bei dem wir immer einkauften. Sie sah uns vier und schrie laut: „Oh Gott, oh Gott! Euch ist Gott sei Dank nichts passiert!"
Sie lief in den Laden und winkte mir, ihr zu folgen. Dort gab sie mir zwei große Flaschen Himbeerbrause. „Ihr werdet sicher unterwegs Durst bekommen und diese Limonade hast du doch immer so gern getrunken." Normalerweise hätte ich an dieser Stelle Danke und „Heil Hitler" gesagt, aber von diesem Tag an habe ich diesen Gruß nicht mehr benutzt.
Als wir in die Wandsbeker Chaussee einbogen, sahen wir immer mehr grausame Szenen. Die Straße war nur noch ein paar Meter breit und zum Teil stürzten die Häuser gerade beim Vorbeigehen in sich

zusammen. Viele Frauen und Kinder standen vor den Trümmern ihrer Häuser und in den Häusern, bei denen nicht alles kaputt war, versuchten sie, sich notdürftig wieder einzurichten. Manchmal mussten wir lange warten, bis ein Feuerwehrwagen kam und die Straße von den größten herumliegenden Trümmern befreite, so dass wir weitergehen konnten. Stundenlang liefen wir durch die Wandsbeker Chaussee und die Lübecker Straße. Am Steindamm überholte uns ein LKW, besetzt mit vielen Menschen. Ich winkte und der Wagen hielt an. Zwei Männer sprangen von der Pritsche, öffneten die Klappe und hoben uns auf den LKW. Beide Männer hatten nur je einen Arm und ganz verschmutzte und verschlissene Uniformen an. Es waren verwundete Soldaten, die es sich aber nicht nehmen ließen in dieser großen Not zu helfen.

Auch der Hauptbahnhof, von dem wir wegfahren wollten, war sehr beschädigt, aber trotzdem sollten Züge fahren. Gleich am Eingang sahen wir Rote-Kreuz-Fahnen hängen und wir gingen zur Inneren Mission, um zu fragen, ob sie etwas zu trinken und zu essen hätten. Dort hörten wir, dass gerade ein Zug in den Schwarzwald abgefahren sei, aber bald sollte ein Zug über Magdeburg und Halle nach Hof fahren. Wir schauten uns an und dachten alle zugleich: Von dort aus sind es nur 21 km bis Münchberg.
Der Zug kam und als er anhielt, sprang ich sofort in einen Waggon und in das erste leere Abteil. Dort stand ein Soldat und sagte zu mir in einem komischen Deutsch:
„Das ist ein Mutter-Kind-Abteil."
Ich antwortete:
„Wir sind eine Familie mit Mutter und Kindern und haben sogar eine Oma dabei."
Er stellte sich vor die Abteiltür und winkte alle Leute, die kamen, weiter in den Waggon. Erst als meine Mutter, Großmutter und Schwester kamen, öffnete er die Abteiltür und ließ sie herein. Er selber setzte sich zu uns, und als meine Mutter den Koffer ins Gepäcknetz heben wollte, sagte er : „Küss die Hand, gnä Frau." Und er hob

unser Gepäck ins Gepäcknetz.

Fast zwei Stunden mussten wir warten, bis der Zug abfuhr. Die Himbeerbrause war schon alle, aber Gott sei Dank kamen Leute vom Roten Kreuz vorbei und füllten die leeren Flaschen mit Wasser auf.

Es war hinter Magdeburg, als der Zug plötzlich auf freier Strecke anhielt, die Türen sich öffneten und wir wieder dieses grausame Geräusch von Bombern hörten. Der Himmel war fast schwarz davon und die Eisenbahner schrieen:
“Raus, raus, raus, alle aus dem Zug und alle flach auf die Erde legen!“
Der Soldat hatte sich als Obergefreiter Pumpernickel aus Graz in Österreich vorgestellt. Er schaute auch nach draußen und sagte:
„Das sind nur Bomber und es sind keine Jäger dabei, die den Zug angreifen werden, wir bleiben im Abteil.“
Minutenlang flogen die Flugzeuge über uns her in Richtung Norden, wir wussten, dort liegt Magdeburg. Und an diesem Abend wurde Magdeburg fast total ausgebombt.
Der Zug setzte sich wieder in Bewegung, um nicht von den zurückkommenden Bombern noch angegriffen zu werden. Wir schauten aus dem Fenster und der Obergefreite sagte zu mir: “Schau Kleiner, jetzt fliegen sie viel höher als vorhin, nun sind sie leichter, sie haben alle ihre Bomben abgeworfen.“
Die ganze Nacht waren wir unterwegs. Der Obergefreite hatte sich während der ganzen Fahrt immer um meine Mutter gekümmert Meine Mutter sah heute ganz anders aus als sonst. Die hatte rote Wangen und schaute immer zu dem Soldaten hin, auch er machte ihr schöne Augen und ich hörte meine Mutter sagen:
„Wir wollen nach Münchberg und wenn Sie uns wiedersehen wollen, können Sie sich bei der Familie Schott über uns in der Sparkasse erkundigen.“

Elke und ich kicherten leise vor uns hin. Wir saßen am Fenster und hatten unsere Wolldecken über unseren Kopf gelegt, obwohl es sehr heiß im Abteil war. Meine Mutter saß an der Abteiltür und der Soldat gegenüber. Langsam gingen seine Hände über seine Knie nach vorne und er fragte Sie, wieso sie mit zwei kleinen Kindern alleine fahre, und ob ihr Mann im Krieg wäre. Sie erklärte ihm alles und auf einmal ging ein Lächeln über sein Gesicht.
„Sie sind nicht verheiratet?" stellte er fest.
Nun nahm er seine Hände noch weiter nach vorn, und streichelte die Hände meiner Mutter. Unsere Augen wurden immer größer, denn so kannten wir meine Mutter nicht. Der Mann, so Ende dreißig, war aber auch sehr nett. Nun wurde meine Mutter auch neugierig, und sie fragte:
„Wieso kommen sie als Österreicher nach Hamburg?"
„Ich war in Russland an der Front und da wurde ich sehr schwer. am Bein verletzt. Drei Monate lag ich in Hamburg im Lazarett und nun bin ich auf dem Weg nach Hause. Ich bin ebenfalls geschieden und lebe im Haus meiner Eltern. Ich hätte auch gerne Kinder, und ihre beiden sind ja wirklich sehr nette kleine Dinger..."
Das hörte ich und sagte:
„Na, so klein bin ich nicht mehr, ich bin schon sieben und meine Schwester fast sechs."
Er lachte und meinte:
„Dann könnt ihr mich ja in Graz einmal besuchen, und wenn ihr wollt, könnt ihr eure Mutter auch mitbringen."

Er verabschiedete sich von uns sehr herzlich, und meine Mutter gab ihm die Adresse von der Familie Schott. Ja, wenn meine Mutter einmal jemanden liebte, war es immer Liebe auf den ersten Blick. Aber Graz liegt so weit und es war Krieg.

Über vier Stunden saßen wir auf dem Bahnhof in Hof, ehe wir einen Bummelzug nach Münchberg bekamen. Hier hatte es sich schon rumgesprochen, dass ein Zug mit ausgebombten Hamburgern an-

kommen sollte, die in diese Region evakuiert werden sollten.
Wir kamen genau dahin, wo wir den letzten Abend zwei Jahre vorher Neujahr gefeiert hatten, nämlich ins Hotel Adler. Uns wurde ein Zimmer zugewiesen, in dem wir nun für 14 Tage leben mussten. Leider war unser schönes Landhaus schon belegt, auf das wir uns schon so gefreut hatten. Hier in dieser kleinen Stadt an der Pulschnitz kannten wir nun alles, und unser erster Weg führte uns den Berg hinauf zur Sparkasse, über der die Familie Schott wohnte. Sie waren alle sehr erfreut, uns wiederzusehen und selbst Ruth, die nun mit ihren 18 Jahren ein sehr hübsches Mädchen war, hatte nichts mehr gegen mich einzuwenden. Der nächste Weg führte uns zur evangelischen Kirche und zu dem dahinter liegenden Pfarrhaus.

Der Pfarrer bemühte sich, für uns in Münchberg eine Unterkunft zu finden. Aber so große Mühe er sich auch gab, es war nichts frei. Und so kam es für meine Mutter knüppeldick: Münchberg war schon nur eine kleine Stadt, aber wir mussten jetzt siebeneinhalb km weiter südlich in ein Dorf namens Zell, und was für ein kleines Dorf war dies! Wir nahmen den Bummelzug über Reinersreut und Sparneck und stiegen dann in Zell aus.

Der Sackbahnhof war Endstation. Von dort ging eine Straße in Richtung Osten. Eben vor der Kirche ging eine Straße ins Unterdorf zum Bäcker und Metzger, und von da aus rechts in Richtung Münchberg wieder aus dem Ort heraus. An der Kirche, die rechts lag, machte die Straße einen Knick nach links und dort stand auf der linken Seite das Gasthaus zur Saalequelle und auf der rechten das Gasthaus zum Waldstein. Die beiden Familien mochten sich aber gar nicht. Dann kam eine kleine Kreuzung mit der Straße nach links Richtung Sparneck, und rechts zum Waldschwimmbad. Eine Spinnerei war das einzige Industrieunternehmen.

Im Dorf wartete der Pfarrer Wiechmann auf uns, der von seinem Kollegen in Münchberg über uns unterrichtet worden war. Wieder war es ein Hotel, und zwar das Gasthaus Zur Saalequelle, in dem wir unterkamen.

Wir bekamen das große Gastzimmer als neue Wohnung zugewiesen. Provisorisch stellte man einige Schränke hinein, auch Betten wurden herangeschafft, Sitzplätze hatten wir genug, denn um den ganzen Raum verlief eine Bank, die sich über drei Wände erstreckte. Die Toilette war auf der anderen Seite des Ganges und statt des Bieres floss aus dem dritten Thekenhahn Wasser. Was sollten wir hier in diesem Kaff?

Für uns Kinder stellte sich dieses Haus allerdings als ein Paradies heraus. Wenn man aus der Haustür kam, ging es rechts durch ein riesengroßes Scheunentor in einen großen Garten voller Obstbäume. Die Hühner kamen uns gackernd entgegen, die Gänse schnatterten wie wild und begrüßten uns Neuankömmlinge. Ein Hasenstall stand im Garten und rechts ging es in die Ställe zu den Schweinen, Kühen und Ochsen.

Zwei Mädchen kamen uns im Garten entgegen, das eine neun und das andere fast elf Jahre alt. Die Jüngere, etwas Stämmige, hieß Gerda, die Ältere, ein sehr schlankes Mädchen, Ilse.

Mit Gerda war ich gleich ein Herz und eine Seele. Sie zeigte mir alles und sagte:
„Du kannst schön mithelfen, denn mein Vater ist im Krieg, und wir beide und meine Mutter müssen den riesigen Bauernhof allein bearbeiten und verwalten."
Das war etwas für mich.

Da einige Wiesen noch einmal gemäht wurden, mussten wir mit dem Ochsenkarren hinaus, um das Heu einzuholen. Frau Benker, so hieß die Bäuerin und Gastwirtin, sowie Gerda machten die Kummets an den Hörnern der Ochsen fest, und wir brachten das Geschirr an die

Deichsel. Dabei lernte ich auch wieder zwei neue Worte in fränkisch: Wüsta = links, und hott = rechts. Gerda nahm die Leine in die Hand und ging neben den Ochsen her.
Elke und ich auf dem Wagen, das war unsere erste Fahrt auf die Benkerwiesen.
Wir fünf brachten zwei Stunden später den Wagen, hochbeladen mit Heu, wieder in die Scheune und dann wurde das Heu auf den ersten Boden gebracht. Danach wurde es lustig, denn wir mussten immer von dem zweiten Boden in das Heu springen, um dieses besser zusammenzupressen.

Dann saßen wir alle zusammen, auch meine Mutti und Omi, um den großen Küchentisch in Benkers Küche. Es war eine Gasthausküche mit einem riesengroßen Kohleherd, der bestimmt über 3 m lang und über 2 m breit war. Über dem Herd hingen die Pfannen, Töpfe, Siebe, so etwas hatten wir noch nie gesehen. Brot, Butter, selbstgemachte Leberwurst und Bauchfleisch sowie Käse wurden aufgetischt. So lecker hatten wir lange nicht gegessen. Besonders lecker für mich war die gerade frisch gemolkene Kuhmilch. Sie war noch warm und schmeckte so herrlich nach Stall. Frau Benker sagte zu meiner Mutter:
„Viel können wir hier nicht für Sie tun, Sie müssen schon allein für sich sorgen und wenn im oberen Stockwerk alles gerichtet ist, bekommen sie dort zwei Zimmer. Horst hat heute ja sehr schön mitgeholfen und wenn er dies auch in Zukunft tut, können wir Ihnen auch von unseren Kartoffeln und Speisen immer etwas abgeben, so dass Sie nicht verhungern müssen.“

Ich war also wieder das einzige männliche Wesen, dieses Mal sogar auf einem Bauernhof und war stolz, dass ich mit meinen sieben Jahren ein bisschen für meine Familie sorgen konnte. Mutti und Oma bekamen auch Arbeit, und zwar bei der Spinnerei. Sie wurde zwar bescheiden bezahlt, aber meine Oma sagte:
„Besser das als gar nichts, und den ganzen Tag nur so herumsitzen ist

auch nichts."
Mutti wurde nach kurzer Zeit sogar Vorarbeiterin, musste aber dafür immer auch am Sonntag in die Fabrik gehen, um nach dem Rechten zu sehen. Zu oft waren an den Spindeln die Fäden gerissen, und sie musste die Garne dann wieder in die Nadeln einführen.

Immer mehr Flüchtlinge und Ausgebombte kamen nach Bayern und ins Fichtelgebirge. Unser kleines Zell wurde mit Evakuierten förmlich überschwemmt. Es waren jetzt mehr Fremde in Zell als Einheimische. Ende August bekamen wir im ersten Geschoss zwei Zimmer zugeteilt. Eines war als Küche mit Küchenschrank, Tisch, vier Stühlen und einem Ofen eingerichtet; im anderen standen wie immer zwei Betten und ein alter Kleiderschrank. Jetzt konnten meine Oma und meine Mutter, nachdem wir im Bett waren, noch ein bisschen lesen oder sich unterhalten, ohne uns zu stören.

Durch die vielen „Ausländer", wie die Einheimischen sagten, hatten die Bauern auch immer weniger zu essen, sagten sie, und wir konnten von Benkers nicht mehr so viel bekommen. Wir mussten ausgedehnte Hamsterwanderungen machen, um in den abgelegenen Höfen etwas zu erbetteln. Mutti und Elke, die zusammen losgingen, brachten fast nie etwas mit, während Oma und ich wohl irgendwie besser waren. Vielleicht konnten wir auch besser betteln oder die Leute hatten mit uns mehr Mitleid.

An einem Samstag standen mit einem Mal Tante Elsa mit Tochter Elsa vor uns. Sie waren zwei Wochen nach uns ausgebombt worden. Sie erinnerten sich, dass wir immer von Münchberg gesprochen hatten. So waren sie auf blauen Dunst losgefahren gefahren und hatten dort ein kleines Zimmer bekommen. Ja, ohne zwei Kinder war es etwas leichter, unterzukommen. Die Freude war groß, hatten wir doch jetzt einen Grund uns immer abwechselnd in Zell und Münchberg zu besuchen. Und so wurde es gemacht. So lange der Zug noch fuhr, konnten wir mit dem Bummelzug fahren. Später allerdings mussten wir die siebeneinhalb Kilometer durch Wald und Flur und über die Landstraße zu Fuß laufen.

Die Ferien waren auch hier in Bayern zu Ende und die schönen Tage waren vorbei. Elke sollte eingeschult werden, und sie fragte schon immer nach einer schönen großen Schultüte. Aber da war guter Rat teuer. Es gab wirklich nichts zu kaufen. Aber eine Schultüte musste her. Wir nahmen alte Zeitungen, wir mussten eben auf der Toilette etwas sparsamer damit umgehen, und drehten sie zu einer großen Tüte. Mit Kartoffelmehl klebten wir mehrere Zeitungen zusammen. Zudem fanden wir auf dem großen Boden ein Stück altes Packpapier. Dieses wickelten wir um die Zeitungen und banden dekorativ einen Bindfaden darum. Heute würde man sagen, es war die erste alternative und recycelbare Schultüte Deutschlands.

Aber was sollte hinein? Frau Benker gab uns zwei Eier zum Backen, und ich zog mit Süßstoff und Zigarettenmarken los, um noch andere Zutaten für Elkes Kekse zu besorgen. Etwas Mehl, Backpulver, ein paar Rosinen, das war meine magere Ausbeute. Aber zu der Zeit konnte man auch aus wenig etwas zaubern.

Im Pfarrgarten, der neben der Kirche lag, nur etwa 200 Meter vom Gasthof entfernt, sah ich an einem Baum eine Leiter stehen. Es hingen einige schöne rote Äpfel dran. Die Orgel in der Kirche spielte und so wusste ich, der Pastor konnte nicht im Garten sein. Ich kroch durch eine mir bekannte Lücke in der brüchigen Mauer. Rauf auf die Leiter und ganz flink drei der schönsten Äpfel gepflückt. Da hörte ich auf einmal eine Stimme:
„Na warte Bübla, die kenn i. Glei geh i zu dahner Muatter und soags ihr!“
Vor Schreck ließ ich die Äpfel fallen und schlich mich ziemlich langsam nach Hause. Es war das erste Mal, dass ich etwas geklaut hatte - es sollte aber nicht das letzte Mal gewesen sein -. Gott sei Dank war nur Elke da, die mir sagte, dass ich schnellstens ins Pfarrhaus kom-

men solle.

Mit in die Seite gestemmten Armen stand die Frau des Pastors in der Tür, zeigte mit dem Daumen nach hinten und sagte:
„Na der wird es dir zeigen.“
Pastor Wiechmann stand an seinem Schreibtisch und sah mich nur stumm an. Sein Blick sagte mir:
„Was hast Du dir dabei gedacht? Du hättest doch fragen können!“
Da fiel mir eine gute, aber dumme Ausrede ein, die er jedoch schluckte und, Gott sei gedankt, nicht kontrollierte:
„Ich habe doch gestern Ihre Frau gefragt, sie sagte, sie seien noch nicht reif. Aber das ist doch gelogen, denn sonst hätte die Leiter nicht am Baum gestanden.“
Irgendwie hat er, glaube ich, da etwas gelächelt.
„Außerdem, Herr Pastor, habe ich die Äpfel nicht für mich gestohlen, sondern für meine Schwester, die morgen in die Schule kommt, und bis jetzt sind da nur ein paar Kekse in der Schultüte drinnen. Und ich werde nie wieder bei Ihnen etwas klauen.“ Da drehte er sich um, ging mit mir in den Garten und ließ mich die drei Äpfel, die noch im Gras lagen, mitnehmen. Dann nahm er mich in die Arme und sagte mit verschmitztem Lächeln:
„Aber Strafe muss sein. Ab Sonntag wirst Du jetzt acht Wochen lang die Kirchturmglocke schlagen. Um zehn Minuten vor zehn stehst Du am Sonntagmorgen am Pfarrhaus. Dann zeige ich Dir, wie es gemacht werden muss.“

Die Schule begann. Von wegen Schule! Sie bestand nur aus zwei Klassenzimmern. Eines für die erste bis vierte Klasse und eines für die älteren Schüler. Zwei Lehrerinnen unterrichteten Deutsch, Rechnen, Heimatkunde und Naturkunde. Elke saß in der ersten Reihe und ich, da ich nun in der dritten Klasse war, natürlich in der dritten Reihe. Und wie schön, ich saß direkt am Fenster, so dass ich in den Garten bis zum Bahnhof sehen konnte, in den gerade der Zug aus Münchberg einfuhr.

Nach ungefähr einer Stunde fragte mich die Lehrerin:
„Horst, kannst du bitte an der Bahnhofsuhr die Zeit ablesen, ich habe keine Armbanduhr mehr. Oder kennst du die Uhr noch nicht?“
„Natürlich kenne ich die Uhr, aber der Baum steht mir im Weg und durch die Blätter kann ich die Uhr nicht sehen. Soll ich hinlaufen und nachschauen?“
Bis zum Oktober durfte ich jetzt immer nach draußen und die Pausen und das Ende der Schulzeit ansagen. Dann fielen die Blätter vom Baum und ich konnte die Uhr von meinem Fensterplatz aus sehen.

Auch der erste Schultag gingvorbei. Die Mütter standen vor der Tür und waren neugierig, wie der erste Schultag verlaufen war. Vor allem die elf Erstklässer wurden mit Fragen überhäuft. Aber nun kam ein großes Problem. Nur für vier Kinder gab es Schultüten. Entweder kannten die Mütter diesen Brauch nicht oder sie konnten keine besorgen. Da machte meine kleine Schwester ihre Schultüte auf und begann den anderen aus ihrer Tüte etwas zu geben. Die anderen drei machten es ihr nach, und so wurde der Inhalt aller Tüten gerecht unter die elf Kinder verteilt Als Elke dann ihrer Lehrerin noch einen Apfel gab und sagte:
„Das war aber schön heute in der Schule“,
war sie der erklärte Liebling der Lehrerin. Später brachte die Lehrerin uns einen großen Beutel voller Äpfel, denn ihre Eltern hatten viele Bäume im Garten.

Am Sonntag stand ich zehn Minuten vor zehn Uhr vor dem Pfarrhaus. Der Pastor wartete schon, nahm mich an die Hand und zeigte mir den Schlüssel zum Kirchturm. Ich nahm ihn und schloss die schwere Tür auf. Es war nur ein kleiner Raum, aber wenn ich meinen Hals streckte und nach oben sah, konnte ich die große Glocke sehen. Von der linken Seite hing ein riesenlanges Tau bis auf die Erde herunter.
„An diesem Tau ziehst du jetzt ganz kräftig und jedes Mal greifst du mit den Händen ein wenig nach oben. Dann wird die Glocke langsam

hin und her schwingen und du wirst immer ein bisschen höher gezogen. Du musst dich ganz schön festhalten. Es wird ziemlich hoch gehen. Aber bis jetzt haben es alle Sträflinge geschafft. Ich gehe jetzt in die Kirche und beginne meinen Gottesdienst. Du kommst dann später dazu.“

Ich zog und sprang und zog und sprang. Da begann die Glocke leise anzuschlagen. Und je höher ich von der Glocke gezogen wurde, desto lauter wurde Sie. Mit den Händen hielt ich das Seil und die Beine knüpfte ich förmlich um das Tau, das gab so ein schönes Gefühl zwischen den Schenkeln. Da begann die Orgel zu spielen und ich ließ mich am Tau herunter und zog immer entgegengesetzt dem Druck der Glocke. Sie wurde leiser und leiser und mit Beginn des Gottesdienstes verstummte sie. Aus den acht Wochen der Strafe wurden über zwei Jahre, denn diesen Ehrendienst zum Gottesdienst und zu Feierlichkeiten ließ ich mir nicht mehr nehmen.

Der Pastor sagte zu mir einmal im Konfirmandenunterricht, dass ich am Nachmittag um drei Uhr die Glocken läuten sollte. Elke wollte auch einmal mitbimmeln und so gingen wir schon etwas früher ins Pfarrhaus, um den Schlüssel zu holen. Einige Leute standen im Eingang und wir drängelten uns vorbei. Da standen wir beide vor einem geöffneten Sarg und sahen direkt in das Gesicht eines toten Mannes. Die Verwandten und Freunde des Mannes standen daneben und nahmen Abschied von dem Toten. Es war das erste Mal, dass wir einen Toten sahen. Der Pfarrer gab mir ein Zeichen und ganz bedrückt gingen wir zum Kirchturm und begannen die Totenglocke zu läuten.

Nach 14 Tagen Schule gab es wieder schulfrei. Es waren die Herbstferien. In Bayern sagte man Kartoffelferien, denn alle Kinder von den Bauern mussten, durften oder wollten helfen, die Kartoffeln mit einzubringen. Natürlich halfen auch die Flüchtlinge mit. Vor allen Dingen aber meine Mutter und ich.

Gerda und Ilse holten mit ihrer Mutter den Ochsenkarren vor, ich konnte die Ochsen schon alleine aus dem Stall holen. Das Kummet auf die Hörner und die Rindviecher rückwärts zum Wagen geschoben. Gerda brachte das Geschirr an und alle kletterten auf den Wagen. Ich durfte zum ersten Mal die Ochsen alleine führen und war mächtig stolz. Am Kartoffelfeld angekommen koppelten wir eine Maschine auf Rädern, die wir nachgezogen hatten, ab und schirrten die Ochsen vor diese Kartoffelmaschine. Nun übernahm Gerda wieder die Ochsen und fuhr genau neben die Pflanzen und die Maschine grub mit langen Gabeln die Kartoffeln aus. Wir liefen mit Körben daneben und sammelten die Kartoffeln auf. Mutti und Frau Benker stellten die schweren Körbe dann auf den Wagen. Es war eine Knochenarbeit, und als wir alle am Abend beim Abendessen waren, zu dem immer alle Helfer eingeladen waren, taten uns nicht nur die Hände, sondern auch unser Rücken weh. So verging jeder Tag dieser sogenannten Ferien.

Der erste Sonntag im Oktober war Erntedankfest. Benkers, die ein Schwein geschlachtet hatten, schenkten uns einen schönen Schweinebraten. Tante Elsa und Elsa waren an diesem Sonntag bei uns in Zell. Elsa bewunderte mich beim Kirchturmläuten und sagte:
„Wie kannst du mit deinen kleinen Karottenfingern nur so kräftig das Seil halten?“
Dieser Satz begleitete mich bis zu meinem 46ten Lebensjahr.

Nach dem Gottesdienst konnten wir alle einmal wieder so richtig schön Mittagessen. Schweinebraten mit dicker Kruste, Kartoffelklöße mit leckerer Soße und Rotkohl. Meine Mutter stellte an diesem Tag einen neuen Rekord auf. Sie verspeiste sieben Kartoffelklöße. Wie oft haben wir darüber später noch geredet meistens zu traurigen Ereignissen.

Weihnachten kam. Wir durften uns im Wald von Benkers einen Baum aussuchen, und wie schon 1940 bastelten wir den Schmuck selber. Tannenzapfen, Strohsterne, einige Äpfel und nur neun weiße Stearinkerzen schmückten den Baum. Nach dem Gottesdienst wurden wir Kinder beschert. Aber es gab nur ein paar Strümpfe und eine Hose für mich und einen Rock für Elke. Unsere Weihnachtgeschenke waren nur zwei Weihnachtsgedichte, die wir am Heiligabend aufsagten. Es war auch das erste Mal, dass wir nicht den obligatorischen bunten Teller bekamen. Aber ein schöner Bratapfel mit etwas Milchsuppe war auch für uns in diesem Winter etwas ganz Leckeres.

Besonders neugierig waren wir, was wohl Ilse und Gerda zu Weihnachten bekommen hatten. Als wir am ersten Feiertag zu ihnen durften, sahen wir, dass Gerda vor einem großen Bauernhof mit Stall und vielen Tieren saß. Ilse hockte vor einem großen Puppenhaus. Wir staunten und fragten:
„Das hat euch alles der Weihnachtsmann gebracht?“
„Nein!“, riefen sie wie aus einem Mund. Ilse hat neue Gardinen für das Wohnzimmer ihres Puppenhauses bekommen und Gerda ein kleines Pferd.
„Mit diesen Sachen dürfen wir jetzt bis Ostern spielen, dann kommen sie wieder auf den Boden. Und nächstes Jahr dürfen wir uns wieder etwas Neues für unseren Hof und das Puppenhaus wünschen “, erklärten sie uns.

So hatten Elke und ich es uns bei Bauern nicht vorgestellt. Wenn wir noch an unsere Geschenke in Münchberg und Hamburg dachten, taten uns die Benkerkinder leid, die nur im Winter mit ihren Spielsachen spielen durften.

1944

Tage- und nächtelang hatte es geschneit. Die Flocken fielen so dicht, dass man nicht einmal rodeln konnte.

Dann aber am Neujahrstag strahlte die Sonne vom blauen Himmel und meine Mutter hielt nichts mehr. Sie wollte unbedingt wieder einmal nach Münchberg. Wir stapften durch den tiefen Schnee zum Bahnhof. Aber welch ein Schreck, der Zug konnte nicht fahren, da viel zu viel Schnee auf den Gleisen lag. Eventuell am Mittag, sagte man uns, aber das war zu spät.

Traurig zottelten wir zum Hotel zurück, als ich plötzlich schrie:
„Der Schneepflug kommt da hinten!“
Und da kam er die Straße daher. Es war ein sehr alter Lastkraftwagen mit einem zylinderartigen Ding hinter dem Führerhaus. Ich winkte und fragte:
„Fahren Sie in Richtung Münchberg?“
„Ja, aber nur bis zur Stadtgrenze. Wenn ihr mitfahren wollt, müsst ihr hinten aufsteigen, weil vorne schon alles besetzt ist. Ihr könnt euch am Holzkohleofen wärmen. Wir haben ja kein Benzin mehr, und da habe ich mir den Holzofen gebaut und fahre jetzt damit.“

Wir kauerten uns hinter den großen Metallzylinder und versuchten, uns so gut wie möglich an den heißen Wänden zu wärmen. Es war aber trotzdem eisig kalt, denn die Fahrt dauerte ziemlich lange, weil der Schneepflug den Schnee nur sehr langsam beiseite schaffen konnte.

Münchberg war erreicht und wir sprangen vom Wagen und bedankten uns auf das Herzlichste. Elke hüpfte vorne weg auf den Hohlweg zu, der den Weg in die Stadt abkürzte. Auf einmal schrie meine Mutter auf:
„Elke ist verschwunden!“
Direkt vor uns war meine Schwester in einer Schneewehe versackt. Man konnte sie nicht mehr sehen, so tief war sie eingesunken. Man

hörte sie nur leise durch den dicken Schnee wimmern. Mit bloßen Händen schaufelten wir den Schnee soweit weg, bis wir ihre Hände ergreifen konnten, und zogen das jetzt brüllende Kind heraus. Schnell den Schnee von dem kleinen Mädchen abgeklopft, die Handschuhe wieder angezogen und den Umweg zu Tante Elsas Zimmer genommen.

Die beiden wollten gerade aus dem Haus. Als sie uns sahen, riefen sie wie aus einem Mund:
„Schnell, beeilt euch, in dem Restaurant neben dem Hotel Adler gibt es heute saure Bohnen und Lungenhaschee, und das ohne Marken!"
Das hörte sich nicht gut an, aber ein heißes schlechtes Essen ist besser als gar keins.
Es schmeckte besser, als es sich angehört hatte, und warm war es in der Gaststätte auch. Tante Elsa holte die Canastakarten heraus und wir spielten einige Runden. Elsa konnte es sich nicht verkneifen zu sagen:
„Guckt mal, der Horst kann mit seinen kleinen Karottenfingern schon die Karten festhalten!"
Alle lachten, aber denen ist später das Lachen vergangen, weil ich alle Runden gewonnen hatte.
Der Zug fuhr an Sonn- und Feiertagen nur einmal am Nachmittag nach Zell. Wir hatten Glück, die Schienen waren geräumt und der Zug brachte uns zurück.

Wenn beim Metzger geschlachtet wurde, hat meine Mutter oft mitgeholfen, alles wieder sauber zu machen. So auch in der ersten Januarwoche. Ein Ochse musste dran glauben. Als Dank für ihre Hilfe fragte der Metzger:
„Wollen Sie den Kopf haben? Sie können ihn auskochen und haben dann eine schöne Suppe."
Er nahm ein Beil und zertrümmerte den Schädel, damit wir ihn in die Töpfe bekamen. Als kleine Beigabe packte er noch ein Stück Ochsenschwanz mit ein. So war das Essen für den Heilig- Drei-Königs-

tag gerettet.

Der Schnee schmolz dahin, und an einem wolkenverhangenen Tag bat mich Frau Benker, mit dem Jauchewagen aufs Feld zu fahren. Es war zwar nicht die die richtige Zeit zu düngen, aber die Jauchegrube war zum Bersten gefüllt. Kein Wunder bei den vielen Menschen im Hotel und dem Vieh, sowie den Schweinen.

Wir holten den Jauchewagen heraus. Ich spannte alleine die Ochsen vor und brachte die Kummets an den Hörnern an. Neben der Eingangstür des Hauses, vor der Stalltür, war der Gully. Frau Benker hob den Deckel hoch, ich holte die Pumpe und dann pumpten wir die ganze braune stinkende Flüssigkeit in die große Jauchetonne.

Elke musste auch mit, denn sie sollte auf dem Feld den Hebel der Tonne öffnen. Sie setzte sich auf die Wolldecken vor der Tonne und ich ging neben den Ochsen her. Mit „hott!“- rechts! - auf die Strasse, wieder mit „hot!“ an der Kirche vorbei, dann mit „wüsta!“ – links! - den Berg hinab ins Unterdorf. Wir mussten ganz aus Zell hinaus und noch ein langes Stück den Feldweg entlang bis zum Feld. Die Furchen waren schon gezogen und ich sollte die Jauche genau dazwischen gießen. Ich brachte die Ochsen in Positur und rief Elke zu:
„Jetzt den Hebel nach rechts drehen!“
Was ich damals noch nicht wusste war, dass Mädchen schlecht links und rechts unterscheiden können.
Und dann passierte das Unglück. Sie schob den Hebel nach links, ich fuhr an, und die Jauche kam im breiten Strahl aus dem weit geöffneten Hahn. Sie schrie wie am Spieß und stand wie zur Salzsäule erstarrt hinter dem Wagen. Ich ließ die Ochsen los - sie trabten allein brav weiter - und raste nach hinten, um den Hahn auf die andere Seite zu schieben. Dabei ergoss sich die ganze braune, stinkende Brühe auch über mich. Völlig verdreckt fuhr ich weiter. Die ganze Jauchetonne wurde entleert und erst dann fuhren wir wieder die drei

Kilometer zurück zum Hof. Die Kinder und alle Leute, denen wir begegneten, lachten über uns. Aber uns war weiß Gott nicht zum Lachen zumute.

Frau Benker und unsere Mutter standen schon wartend vor dem Haus, da es länger gedauert hatte, als sie annahmen. Ihre erschreckten Gesichter kann man sich vorstellen. Mutti nahm uns, brachte uns in die Waschküche und schrubbte uns und unsere ganze Wäsche gründlich ab.

Als wir am nächsten Morgen zur Schule kamen, schrieen die anderen Schüler alle:
„Die beschissenen Hamburger kommen!"
Die Lehrerin konnte unseren Geruch auch nicht ertragen.
„Ihr könnt heute unmöglich in der Schule bleiben, ihr müsst euch noch mehrere Male gründlich waschen!"
Da hatten wir etwas zu lachen. Wir durften nach Hause, und die mussten noch lernen.

Kurz vor Ostern sagte Frau Benker zu mir, als ich vor den Kaninchenställen stand:
„Horst, wenn die Häsin Junge bekommt, und es mehr als vier werden, dann bekommst du eines als kleines Dankeschön von mir."
Nun lief ich jeden Tag mehrmals zum Stall, um zu sehen, ob die Jungen schon da waren.

Es war genau am Ostersonntag, als die Jungen kamen. Es waren sechs Stück. Ich wollte mein Kaninchen natürlich gleich herausnehmen, aber Frau Benker meinte:
„Das dauert noch ein bisschen, bis wir die Jungen der Mutter wegnehmen können."
Meine Mutter bekam zu Ostern auch ein ganz tolles lebendes Osterei. Alois Pumpernickel stand vor unserer Tür. Er hatte unsere Adresse bei der Familie Schott erfahren und wollte meine Mutter, und viel-

leicht auch uns, wieder sehen.
Die Freude meiner Mutter war groß, auch uns gefiel der neue Onkel ganz gut. Tante Elsa und Cousine Elsa kamen uns besuchen, und so konnten sie Muttis Ostergeschenk auch in Augenschein nehmen.

Nach dem Essen wurde eine Wanderung zum Waldstein unternommen. Auf engen Wanderwegen ging es immer steil hinauf. Das erste Ziel war eine Bärenfalle aus dem Jahre 1693. Sie war ganz aus Granitsteinen erbaut. Man konnte an der Seite noch gut die Rillen sehen, an denen die Falltüren herunterkamen.
Weiter ging es zu einem Felsen, der aussah wie ein großer Tisch.
„Das ist der Teufelstisch", sagte ich zu Onkel Alois.
Dann erreichten wir die Burg der Ritter von Sparneck. Eine riesige Burg aus Granitsteinen, die immer noch sehr unheimlich aussah. Auch sie war aus dem 17. Jahrhundert.
Der Höhepunkt allerdings war die Aussichtsplattform. Sie wurde die Schüssel genannt. Sie sah wie ein kleiner Pavillon aus. Von hier hatte man nach Norden eine wunderbare Aussicht nach Münchberg, Helmbrechts und bei sehr klarem Wetter konnte man sogar Kulmbach, die Bierbrauerstadt, erkennen. Nach Süden konnte man den Weißensee erblicken.

Am Ostermontag wollten wir zur Saalequelle wandern, aber Onkel Alois sagte:
„Meine Verwundung ist noch nicht wieder so gut verheilt, dass ich zwei Tage nacheinander eine so lange Wanderung machen kann."
„Na ja, wir leben auf einem Bauernhof und da weiß man Bescheid, was so im Frühling passiert", erwiderte ich.

Er lächelte mich an und verschwand mit meiner Mutter irgendwohin.
Zu meiner Schwester sagte ich:
„Oh, muss Liebe schön sein."
So liefen wir ohne Mutter und Alois die fünf Kilometer zur Quelle.
Die Lehrerin hatte uns kurz vorher erklärt, dass die Saale später in

die Elbe fließt. Ich sagte zu Elke:
„Wenn du hier reinspringst, kannst du von hier bis nach Hamburg schwimmen."

Beim Abschied von Onkel Alois übergab er meiner Mutter einen Umschlag mit Geld. Das sollte für die Reise nach Graz sein. Er wollte meine Mutter und uns seinen Eltern vorstellen und sich dort mit ihr verloben.
„Mutti, wenn du jetzt wieder heiratest, müssen wir dann auch Pumpernickel heißen? Ich will bei der Schulspeisung, die es manchmal gibt, nicht noch weiter hinten anstehen!",
fragte meine Schwester.
„Nein, mein Dummerchen, ihr werdet weiter Miersen heißen."

Die Zeiten wurden immer schlechter.
Wenn wir auch Marken für Lebensmittel, Seife und auch für Zigaretten hatten, man bekam aber nichts dafür. Das einzige Geschäft hatte nur manchmal geöffnet, und dann musste man noch lange anstehen, um etwas zu bekommen.

So gingen wir hamstern. Meine Mutter mit meiner Schwester, und meine Oma mit mir. Ein bisschen Süßstoff und Zigarettenmarken hatten wir dabei. Mutti und Elke kamen fast immer mit leeren Händen zurück. Omi und ich hatten meistens mehr Glück. Vielleicht konnten wir besser handeln, oder sie hatten mit uns mehr Mitleid.

Mein Geburtstag, der zweite Mai. Ich wurde nun schon acht Jahre alt. Der Krieg dauerte nun schon fünf Jahre und wollte kein Ende nehmen. An Geburtstaggeschenken war nicht weiter zu denken. Eine neue Hose, das war alles, was ich bekam.
Dann kam aber Frau Benker mit einem Karton unter dem Arm und übergab mir mein Kaninchen:
„Wenn du es schön fütterst und pflegst, könntet ihr zu Weihnachten einen schönen Hasenbraten haben. Du musst dich nur noch um einen

Stall kümmern, denn bei uns ist jetzt kein Platz mehr."

Zwei Tage lebte der Hase nun in dem Karton in unserer Küche. Nach dem Gottesdienst am Sonntag erzählte ich dem Pfarrer von meinem Kaninchen. Er nahm mich an die Hand, was er immer tat, wenn er mir einen Gefallen tun wollte. Wir gingen in den Garten, und hinten unter einem Haufen Geröll zogen wir eine alte Holzkiste hervor. Eine Tür ohne Glas baumelte noch an einem rostigen Scharnier.
„Das muss gehen. Ich nehme noch eine Zange und mach dir von unserem Schuppen ein Gitter ab. Das Fenster ist sowieso zerbrochen."
Ganz vorsichtig trennte er das Maschengitter ab. Dann gab er mir noch ein paar alte Nägel und sagte mit ernster Stimme:
„Den Draht musst du jetzt alleine an der wackeligen Tür anbringen. Das wirst du schon schaffen. Dann haust du einen Nagel krumm und machst eine Öse daraus. Später nimmst du ein Tau und kannst dann die Tür an der Öse zubinden. Zum Schluss aber noch ein guter Rat. Gib deinem Kaninchen keinen Namen. Denn stell dir einmal vor, ihr sitzt Weihnachten am Tisch, und dein Muckel wird serviert. Dann wirst du ihn sicher nicht mehr essen wollen. Wird aber ein namenloser Hasenbraten auf den Tisch gestellt, könnt ihr ihn mit Appetit verspeisen."

Gesagt, getan. Ich suchte mir noch vier Steine, nagelte das Gitter an und stellte den Kasten neben den Kaninchenstall der Familie Benker. Nun hieß es immer schön Karottenkraut, Kartoffelschalen, Heu und noch vieles, von dem, was wir nicht mehr aßen, zu sammeln. Aber das war ich ja inzwischen gewöhnt. Natürlich haben Mutti, Omi und auch Elke mitgesammelt, denn die wollten ja später auch Hasenbraten essen.

Tante Elsa mit ihrer Tochter war wieder auf Besuch. Als wir sie verabschiedeten, lief Elke ein Stückchen mit und ging dann langsam rückwärts wieder zum Haus.
Ich hatte inzwischen den Heuwagen aus der Scheune geholt und zwei

Ochsen davor gespannt. Es war zwar Sonntag, aber es sollte regnen und so wollten wir noch die letzte Fuhre Heu von der Wiese holen. Gerda, Ilse, Frau Benker sowie meine Mutter saßen schon auf dem Wagen.
Elke ging immer noch rückwärts. Tante Elsa winkte wie verrückt, um Elke zu warnen. Ich stand grinsend da und wartete auf das, was kommen sollte. Hoffentlich läuft sie weiter, dann sitzt sie gleich auf der Deichsel, dachte ich. Sie stieß gegen die Deichsel und rutschte dabei noch ein Stückchen weiter zurück. Dann sah sie links und rechts neben sich die riesigen Köpfe der beiden Ochsen, vor denen sie doch immer so große Angst hatte. Ihr Geschrei war köstlich. Wir lachten alle, obwohl es meiner Schwester bestimmt nicht zum Lachen war.

Wir saßen in der Schule und hatten Naturkundeunterricht. Plötzlich auf der Straße das Bimmeln einer Glocke:
„Bekanntmachung! Bekanntmachung! Alle Schüler, sowie alle verfügbaren Leute sofort auf die Strasse. Kartoffelkäfer sind auf unseren Feldern gesichtet worden!"
Unsere Lehrerin musste wohl etwas geahnt haben, denn wir nahmen gerade diesen 1,5 cm langen Käfer durch.
„Der Käfer ist schwarz mit gelben Streifen. Wenn er gesichtet wird, muss versucht werden, ihn vor der Eiablage zu vernichten. Ihr müsst, wenn wir gleich helfen, die Pflanze in eine Hand nehmen und jedes Blatt von unten ansehen. Ihr bekommt immer zu zweit eine Tüte, in die ihr die Käfer hineinlegt, die ihr gefunden habt. Seid bitte ganz genau, denn sonst kann es passieren, dass wir im Herbst keine Kartoffeln ernten können."

Auf der Straße stellten wir uns auf, und gingen auf die angrenzenden Felder. Immer zwei Schüler bekamen eine Reihe zugewiesen. Dann ging es los. Im Schneckentempo ging es vorwärts, und jedes Blatt wurde umgedreht. Den ersten Käfer, den ich fand, musste ich natürlich erst einmal genau betrachten. Er sah genau so aus, wie ihn die Lehrerin beschrieben hatte.

„Horst schau nicht so lange", ertönte ihre Stimme, „leg ihn in die Tüte."
Den ganzen Tag bis zur Dämmerung waren wir auf den Feldern. Auch am nächsten Tag ging die Sucherei wieder los. Nur musste jede Gruppe auf ein anderes Feld, damit wurde kontrolliert, ob auch ja kein Käfer übrig blieb. Doch dann gab es Entwarnung. Der Bürgermeister meinte, dass wir es wohl geschafft hätten, die Käfer vor der Eiablage zu vernichten.

Die Ferien kamen. Wir saßen im Zug nach Graz. Meine Mutter hatte ihren alten Hut gewendet, über Wasserdampf gereinigt, eine neue Feder angebracht und eine Kordel um den Hut gewickelt. Sie konnte das sehr gut, denn sie hatte Putzmacherin gelernt. Damals, als Sechzehnjährige, wollte sie den Beruf nicht ergreifen, denn sie wollte nicht anderer Leute Dreck wegmachen. Erst als sie hörte, dass es der Beruf einer Hutmacherin sei, hat sie die Lehre angefangen.

Nun lief sie immer wieder auf die Toilette und schaute in den fast blinden Spiegel, ob der Hut auch richtig saß.

„Graz Hauptbahnhof! Graz Hauptbahnhof!"

Wir standen schon mit unserem bisschen Gepäck an der Tür. Meine Mutter hatte ihren Soldaten schon erspäht. Der Zug hielt noch nicht ganz, als sie die Tür aufriss und auf den Bahnsteig sprang. Direkt in die Arme ihres Alois. Der Hut hatte es nicht so eilig. Er blieb an der Tür des Zuges hängen und hätte fast seinen Geist aufgegeben. Großes Hallo und große Freude über das Wiedersehen. Onkel Alois hatte für jeden von uns Kindern einen Apfel in der Hand. So einen großen Apfel hatte ich noch nie gesehen. Er war fast größer als mein Kopf, und das will etwas heißen.

Noch erstaunter waren wir, als wir sahen, mit was wir abgeholt wurden. Vor dem Bahnhof stand ein Opel Olympia, in den wir nun

einstiegen und durch die schöne alte Stadt Graz fuhren. So mussten sich Millionäre vorkommen.
Das Haus von Onkel Alois war ein schönes großes, gelbes Haus, er sagte, dass man so etwas eine Villa nennt. Der große Giebel war mit Holzbalken versehen. Eine große Veranda war da, mit riesigen Glasscheiben. Und was für ein Garten! Viele Obstbäume und Beerensträucher standen darin. Hier könnte man sich wohlfühlen, dachte ich.
Seine Eltern waren zwei weißhaarige nette Leute, die uns auch überherzlich begrüßten. Meine Schwester machte einen Knicks und ich eine zackige Verbeugung.
„Du bist wohl die Ältere“ sagte der Vater zu meiner Schwester.
Da hatte er bei mir ein ganz kleines bisschen verschissen. „Der muss doch sehen, dass ich der Ältere bin. Nur weil die in den letzten Monaten ein bisschen schneller gewachsen war und nun zwei Zentimeter größer war als ich. Lächerlich!“

Seine Mutter bat uns zu Tisch. Es gab Wienerschnitzel mit neuen Kartoffeln aus dem Garten. Der Höhepunkt allerdings waren Marillenknödel mit Vanillesoße. So etwas hatte ich noch nie gegessen.
„Woher habt ihr denn im Krieg so schönes Fleisch?“, war meine vorwitzige Frage.
„Na, wir wussten doch dass ihr kommt. Da haben wir in den letzten Wochen die Fleischmarken gesammelt, damit wir euch etwas Leckeres vorsetzen können.“
Da hatte sie mein kleines Herz gewonnen.

Meine Mutter und Onkel Alois haben wir in den vier Tagen nicht oft gesehen. Nur morgens beim Frühstück konnte ich die strahlenden Augen meiner Mutter bewundern.

Unsere neuen Großeltern zeigten uns mit ihrem Auto Graz. Das Tollste aber war die Fahrt mit der Zahnradbahn auf den Schlossberg. Ganz erstaunt besahen wir die wunderschöne große Uhr, die dort

oben stand.
„Das ist das Wahrzeichen unserer Stadt", erklärte uns Onkel Alois´ Vater.

Der Abschied nahte. Nach einem guten Essen nahm Onkel Alois uns an die Hand:
„Liebe Eltern, ihr wolltet doch immer Enkelkinder. Gertrud und ich haben uns eben verlobt. Nun habt ihr gleich zwei Enkelkinder auf einmal, und zwar solche, die nicht mehr in die Windeln machen. Wenn der Krieg vorbei ist, hole ich die drei und es wird geheiratet."
„Daraus wird nichts, wir haben noch eine Oma, und wenn die nicht mit darf, erlaube ich die Hochzeit nicht," war meine Antwort.
Meine Mutter machte ein ziemlich entsetztes Gesicht. Aber die drei lachten aus vollem Hals.
„Wenn sie mitkommen und nicht nach Hamburg zu ihren Schwestern will, ist sie herzlich willkommen. Das Haus ist groß genug. Kannst du mir jetzt erlauben, deine Mutter zu heiraten?"
Da stimmte ich glücklich zu.

Auf dem Bahnsteig sagte ich zu meinem neuen Großvater:
„Hoffentlich ist der Krieg bald aus und wir sehen uns bald wieder. Und ich will hoffen, dass die Bomber nicht auch noch nach Graz kommen und es so kaputtmachen wie unser Hamburg."
„Da kannst Du ganz beruhigt sein, über unsere hohen Berge kommen die Flugzeuge nicht."
Wir stiegen ein und winkten noch lange aus dem Fenster des Zuges.

In dieser Nacht wurde Graz angegriffen und die Bomben vernichteten fast die ganze Stadt. Wir haben Graz nie wieder gesehen.

Aber wen wir wiedersahen, als wir aus dem Zug in Münchberg stiegen, war unser Vater. Er musste auf Heimaturlaub gewesen sein. Wir erkannten ihn gar nicht wieder. Er war so fett, dass er fast nicht mehr aus den Augen gucken konnte.

Er wollte uns, bevor er wieder an die Front als Sanitäter kam, einmal besuchen. Er hatte von Familie Schott erfahren, dass wir mit diesem Zug aus Österreich kommen müssten. Er wollte uns in die Arme nehmen, aber da sagte ich mit sehr fester und frecher Stimme:
„Wir brauchen dich nicht mehr. Wir haben einen neuen Vater in Österreich. Der ist furchtbar nett. Mutti heiratet ihn nach dem Krieg."
Damit verschwand ich hinter dem Rücken meiner Mutter. Er lief ganz rot an und schrie.
„Ich war auf Urlaub in Hamburg. Ich bin wieder Vater geworden. Ich habe einen Sohn."
Da sein Zug auf dem anderen Bahnsteig pfiff, drehte er sich um und verschwand von der Bildfläche.
Wir sollten ihn erst vier Jahre und sieben Tage später wiedersehen.

Es war August und es war sehr heiß. Es hatte monatelang nicht geregnet. Vom Pastor hörte ich, da er ein Radio hatte, dass Berlin jetzt ausgebombt war und dass von dort jetzt noch mehr Ausgebombte kommen würden.
„Die Russen haben Stalingrad zurückerobert und marschieren gen Westen. Die Leute aus den Städten und vom Lande verlassen ihre Besitztümer und flüchten vor den Russen. Auch von diesen Flüchtlingen werden viele nach Bayern kommen."

War das Verhältnis zu den Fremden schon jetzt nicht besonders, wurde es noch schlechter, als sich diese Nachrichten wie ein Lauffeuer verbreiteten. Waren bis jetzt die Häuser nie abgeschlossen, wurden jetzt Schlösser angebracht. Ja, einige verbarrikadierten sich förmlich. An Hamstern war fast nicht mehr zu denken oder man musste ganz entlegene Höfe aufsuchen. Und bekommen konnte man nur etwas, wenn man Zigarettenmarken oder Wertgegenstände verscheuern konnte.
Die Brotscheiben wurden nur noch auf der schmalen Seite mit Margarine bestrichen, weil da nicht soviel drauf ging.

Das nahegelegene Freibad war nach dem ersten Ankommen der Ausgebombten geschlossen worden. Wir hatten aber 15 Minuten vom Dorf im Wald einen kleinen Waldsee. Was heißt See, es war mehr ein Teich mit einem großen Baumstamm in der Mitte. Zu dem tauchten wir die fünf Meter, da keiner von uns Jungen und Mädchen schwimmen konnte.

Auf einer Lichtung, nicht weit entfernt vom Teich, stand ein Hochsitz, der nicht mehr benutzt worden war, da die Bauern und Jäger alle im Krieg waren. Die Sprossen waren verfault und morsch. Wir, zwei Jungen, die so alt waren wie ich, einer aus Hannover der andere aus Bremen, und ich nagelten mit gerade gebogenen und rostigen Nägeln abgebrochene Äste an die Holmen und machten uns ein schönes Nest daraus. Die unteren zwei Sprossen machten wir immer wieder ab, damit kein anderer auf die Idee kam, dort zu spielen.

Wie gesagt, es war sehr heiß und wir waren fast jeden Spätnachmittag zum Baden im See. Gegen sieben Uhr, wenn die meisten schon zum Abendessen waren, blieben wir noch des öfteren oben sitzen. Wir wussten, dass dann immer die jungen Mädchen zum Baden kamen. So auch heute. Kichernd und lachend, so richtig albern, zogen sie sich ganz aus, legten die Kleider auf den Rasen und liefen mit wackelnden Brüsten in den Teich.
„Guck mal, was die für Dinger hat. Schau mal, wie die da unten zwischen den Beinen schwarz ist. Mann oh Mann, was hat die für einen Arsch!“
Wir konnten gar nicht genug lästern. Es waren ja auch unsere ersten nackten Frauen, die wir sahen. Uns fielen fast die Augen aus dem Kopf. Schade, dass wir kein Fernglas hatten.

Auf einmal schrie eine auf:
„Ich glaube, da kommt ein Gewitter. Lasst uns schnell anziehen und nach Hause laufen!“

Da sahen auch wir eine schwarze Wand den Himmel verdunkeln. Aber wir mussten ja oben bleiben, um nicht gesehen zu werden. Oh, was hätten die mit uns gemacht, wenn die uns erwicht hätten!

Der Himmel wurde in Sekundenschnelle schwarz, und wir stiegen nun auch von unserem Hochstand herunter.
Doch plötzlich wurde es taghell, ein riesiger Blitz zuckte vom Himmel herunter. Dann sofort ein gewaltiger Donnerschlag, der den ganzen Stand erschütterte. Wir kletterten wieder hinauf und versteckten uns unter der Bank im Stand. Es gab keine Sekunde Ruhe, Blitze zuckten vom Himmel, ein Donnerschlag jagte den anderen, und man konnte kein Wort verstehen. Da auf einmal Ruhe.
„ Habt Ihr Angst?“, flüsterte ich.
Sie schüttelten die Köpfe, dabei sah ich doch, wie auch ihre Knie vor Angst und Aufregung förmlich schlotterten. Aber ein achtjähriger Junge hat keine Angst zu haben.
Dann begannen die Blitze erneut. Und mit dem Donner, der grauenvoll klang, kamen auf einmal Sturzbäche von Regen auf uns herab. Wir hatten immer geglaubt, dass unser Dach dicht sei, aber weit gefehlt. Der Regen kam durch die Ritzen geschossen, und wir waren sofort klitschnass. Es wollte nicht aufhören. Auch unter der Bank war es so nass und rutschig, dass wir nicht einmal mehr einen Halt fanden. Wir hielten uns an den Händen fest und schauten nach draußen. Gott sei Dank standen keine Eichen in unserer Nähe, denn wir hatten gerade den Satz gelernt, Eichen sollst du weichen, Buchen sollst du suchen. Nun, neben uns standen nur Fichten.

Aber es sollte noch schlimmer kommen. Plötzlich hörten wir so was wie ein Maschinengewehr knattern. Aber es war kein Maschinengewehr. Taubeneier große Hagelkörner knallten auf und an unseren Hochstand. Wir dachten die Welt gehe unter. In Minutenschnelle waren der ganze Waldboden und die Lichtung weiß wie im tiefsten Winter. Auf dem Teich knallten die Hagelkörner und das Wasser spritzte hoch auf.

Es dauerte für uns eine Ewigkeit, doch schlagartig endete das Unwetter. Die Wolken wurden vertrieben und die Sonne kam hervor.

Wir rutschten mehr als wir kletterten, die Sprossen hinunter und mussten nun barfuss, nur mit Unterhemd und kurzer Hose, über die winterkalte Wiese und über die Feldwege nach Hause laufen. Unter einem Scheunendach vor dem Ort leisteten wir einen Schwur:
„ Als das Unwetter begann, wurden wir sofort ganz nass, dann haben wir uns hier untergestellt und gewartet, bis der Regen und der Hagel aufgehört hatten. Wir haben keine nackigen Mädchen gesehen, und unser Hochstand wird nicht verraten."
Das und nichts anderes erzählen wir unseren ängstlichen Müttern.
Oben in der Küche angekommen entdeckte ich drei ziemlich ängstlich aussehende weibliche Wesen. Ich wusste, dass sie große Angst vor Gewittern hatten. Ich reckte mich und sagte:
„Tut mir leid, wir haben es nicht geschafft, noch vor dem Gewitter nach Hause zu kommen. Nun musstet Ihr das Unwetter ohne männlichen Schutz ertragen."
Nun, ich muss furchtbar ausgesehen haben. Denn meine Mutter sprang auf und zog mir Hemd und Hosen aus. Dann rubbelte sie mich mit einem großen Handtuch trocken und steckte mich ins Bett. In ihren Augen war ich wohl noch ein kleines Kind.

Schon um sechs Uhr morgens wachte ich auf. Ich lief die Treppe hinunter und durch die Scheune zum Apfelbaum, unter dem die Hasenställe standen. Ich schaute zu meinem Kaninchen und auch zu den anderen. Gott sei Dank hatten Ställe und so auch die Tiere nichts abbekommen. Der Apfelbaum hatte das Schlimmste verhindert. Aber wie sah es sonst aus. Ilses ganzer Stolz, ihre Kürbisse auf dem Komposthaufen, hatten Löcher wie ein Sieb. Da war fast nichts zu machen, da sie ja auch noch nicht reif waren. Ich schaute über die Zäune auf die Felder. Es sah aus, als wenn der Teufel einen Besuch abgestattet hätte.

Die drei Benkers waren auch schon da und gemeinsam besprachen wir den Schaden.
„Beim Kohl müssen wir die ersten Blätter entfernen und schauen, wie weit der Schaden geht. Das restliche Getreide, das noch nicht geerntet war, ist total verdorben. Die Gurken im Garten sind hinüber. Und ob die Rüben und die Kartoffeln sich noch erholen, das wissen die Götter. Wenn nicht, haben wir dieses Jahr nichts zu verkaufen und abzuliefern, dann bleibt gerade noch genug für uns", stellten sie fest.
Was das für uns Flüchtlinge bedeutete, konnte ich mir vorstellen.

Und so sah es im ganzen Dorf aus. Die halbe Stunde Unwetter hatte fast die gesamte Ernte vernichtet. Und das in dieser beschissenen Kriegszeit.

Zum Erntedankfest hatte die Gemeinde immer in der Kirche Früchte, Gemüse, Getreide und Blumen als Schmuck vor den Altar gelegt. In diesem Jahr hatte der Pastor gebeten, nur Herbstlaub und Blumen zu nehmen da jede Frucht zur Ernährung gebraucht würde.

Seine Predigt hatte nur ein Thema: - N ä c h s t e n l i e b e

„Was ich gestern im Radio gehört habe, übersteigt jede Vorstellungskraft. Berlin ist fast völlig zerstört, die Russen sind weit nach Deutschland einmarschiert. Auf dem Weg nach Berlin zerstören sie alles, was sich ihnen in den Weg stellt. Adolf Hitler hat jetzt viele dreizehn- bis vierzehnjährige Jungen mit Panzerfäusten ausgestattet, sie sollen den Feind aufhalten. In dem Flüchtlingstreck aus Ostpreußen sterben viele. Und wenn jetzt der Winter kommt, wird es grauenvoll. Frauen werden vergewaltigt oder niedergeschossen. Hoffentlich werden wir hier bei uns davon verschont.
Deshalb möchte ich euch bitten: Öffnet eure Herzen, seid barmherzig und gebt alles, was ihr nur einigermaßen entbehren könnt.
Was sagte Jesus: Liebet euren Nächsten."

Aber ich glaube, dass an diesem Tage nur Fremde in der Kirche gewesen sein konnten, denn es wurde immer schlimmer. Das Zusammenleben war nicht mehr schön.

Die Schule war eigentlich der einzige Ort, wo sich fast alle Kinder gut verstanden. Das lag aber zum großen Teil an den beiden Lehrerinnen.
Eines Tages meldete ich mich und fragte:
„Können wir Schüler nicht einmal einen großen bunten Abend gemeinsam veranstalten? Meine Schwester und ich haben schon auf einer Veranstaltung in Hamburg gesungen und ich habe angesagt. Und im Gasthaus zur Saalequelle ist doch der große Kinosaal."
„Warum ist diese Idee nicht von uns gekommen?", meinte unsere Lehrerin.
„Ich werde deine Idee sofort mit meiner Kollegin und dem Pfarrer, - er gab übrigens den Religionsunterricht -, besprechen."
Wir Kinder jubelten, das war mal etwas Neues.

Alle fanden meinen Vorschlag gut. Der Pfarrer meinte. dass der erste Adventssonntag dafür sehr geeignet wäre. Er fragte Frau Benker, ob sie den Saal hergeben würde. Da es der Pastor war, der fragte, konnte sie schlecht nein sagen. Allerdings hätte sie keine Kohlen und Holz, um den Saal zu heizen. Das wolle er schon besorgen, notfalls säßen wir eben mit Hut und Mantel im Saal.

Sechs Wochen hatten wir Zeit, um alles vorzubereiten und um alles einzustudieren. Mit Feuereifer waren alle dabei. Da ihre eigenen Kinder auch mitmachten, hatten auch die Bäuerinnen auf einmal Interesse am Zusammenarbeiten, solange es nicht überhand nahm.

Jede Lehrerin studierte mit ihren Klassen Lieder ein, eine Mutter aus Köln bastelte Kasperpuppen und bereitete ein Stück vor. Der Pastor wollte Akkordeon spielen und die Sänger begleiten. Sketche wurden einstudiert und keiner wollte den anderen in die Karten gucken lassen. Die älteren Schüler studierten mit den Kindern aus dem Kindergarten ein Krippenspiel ein; mit einem Wort, ganz Zell war in Aufregung.

Die Holzsammler machten den Wald unsicher und jeder Hof musste etwas Holz herausrücken, ob er wollte oder nicht. Alte Türen, Tische, Bretter, Fenster, Balken aus verlassenen Hütten, die Jungs und Mädchen hatten super gearbeitet.

Die Frauen im Gasthaus zur Saalequelle reinigten den Saal, und die Kinder polierten die Stühle. Der polnische Kriegsgefangene, der seid kurzer Zeit auf dem Hof war, reparierte den Vorhang und half auch, das Holz im Hof klein zu schlagen.

„Wer macht denn von Ihnen beiden die Ansage?“,
fragte der Pastor die Lehrerinnen.
„Wir haben einen Ansager. Horst Miersen soll es machen, er hat es schon einmal gemacht, und er hatte ja auch die Idee zu diesem Abend.“
Nun saßen der Pastor und ich noch öfter zusammen und besprachen das Pogramm. Außerdem studierte er mit Elke und mit mir unsere beiden alten und zwei neue Lieder ein. So mit Akkordeon, das musste ja etwas werden.

Erster Advent. Bunter Abend und Weihnachtsfeier in Zell.

Der Saal war schön warm. Er war gepfropft voll. Überall saßen Leute, auch im Mittelgang und an der Seite und hinten standen auch noch welche.

Ich stand hinter dem Vorhang und lief ganz zappelig auf und ab. Wann durfte ich endlich raus? Da klingelte die Lehrerin, und ich ging vor den Vorhang. In dem Moment hatte ich alles vergessen, was ich mit dem Pastor eingeübt hatte. Ich stand ganz still da und sah in den

Saal. Die Zuschauer dachten wohl, dass ich das mit Absicht gemacht hätte und fingen an zu klatschen. Da wachte ich wieder auf.

„Liebe Zeller und Fremde, wir wollen heute einen fröhlichen und später besinnlichen Abend feiern! Hoffentlich verspreche ich mich bei meinen Ansagen nicht so oft und wenn ja, bitte nicht lachen. Als erstes singen die Schüler der ersten Klassen das Lied ´Beim Kronenwirt ist heute Jubel und Tanz´. Unser Pastor begleitet sie mit seiner Ziehharmonika. Viel Vergnügen!"
Verbeugung und ab.
Die Stunde verging wie im Fluge, und bei meinen Ansagen, vor allem, wenn ich mich selber ansagte, ist mir mancher Klops passiert. Aber die Leute lachten und es hat ihnen gefallen. Nach dem letzten Vortrag verabschiedete ich mich und bat Herrn Pastor Wiechmann auf die Bühne, um den weihnachtlichen Teil zu übernehmen.
„Lieber Horst, Deine Idee war es, diesen Abend ins Leben zu rufen. Wir haben sechs Wochen lang alle im Ort mitgemacht. Wünschen wir uns, dass das bis zum hoffentlich baldigen Kriegsende so bleibt. Außerdem hast du auch eine schöne Ansage für deine acht Jahre gemacht. Dafür danke ich dir und habe dir ein Buch mitgebracht. Es ist kein christliches Buch, sondern ein Karl May Buch, Winnetou 1."
Ich bekam noch einen schönen Applaus, verbeugte mich und verschwand hinter dem Vorhang. Von dem weihnachtlichen Teil habe ich nichts mehr mitbekommen. Ich saß fast die ganze Stunde auf der Toilette. Die sechs Wochen mussten mir ziemlich auf den Magen und auf den Darm geschlagen haben.

Nun hat man nach so einem Abend nicht nur Freunde, und das sollte ich bald erfahren.
Zwei Tage vor Heiligabend ging ich zu meinem Kaninchen, um es zu schlachten. Im Kuhstall hatte ich mir alles bereit gestellt. Ich ging hinaus und sah wie zwei Jungen mit einem Paket unter dem Arm davon liefen. Einer davon war unser direkter Nachbarsohn, ich konnte ihn gerade noch im Halbdunkel gut erkennen.

„Was wollt ihr in Benkers Garten?“, rief ich hinterher. Aber sie liefen über das Feld und verschwanden in Richtung Wald. Was sie wollten, sah ich sofort. Er hatte mein schlachtreifes Kaninchen geklaut, obwohl er doch selber welche hatte.
Ich einen Sprung über die kleine Mauer zu seinem Hasenstall, eine Tür öffnen und einen großen Hasen schnappen, war eins. Dann ich rein in den Kuhstall. Den Hasen an den Hinterbeinen zusammenbinden und an einem Haken mit dem Kopf nach unten aufhängen, war Nummer zwei. Einen Knüppel nehmen und dem fremden Karnickel vor Wut in den Nacken schlagen, war Nummer drei. Da es sofort tot war, das spitze Messer in die Hand und die Kehle aufschneiden, war Nummer vier. Eimer zum Ausbluten darunter stellen, war Nummer fünf. Es musste schnell gehen, damit niemand auf die Idee kommen konnte, dass das nicht mein Kaninchen war. Nun mit dem spitzen und scharfen Messer das Fell abtrennen. Ich hatte schon einmal zugesehen, wie es gemacht wird, aber selber machen und noch schnell dazu, war etwas anderes. Ich begann an den Hinterläufen das Fell einzuritzen und langsam herunter zu ziehen. Erst als ich genug Fell in der Hand hatte ging es besser. Immer mit dem Messer nachgehend, trennte ich langsam das Fell vom Hasen. Ein paar Mal rutsche mir das Messer ab und durchtrennte das Fell. Endlich war es herunter, das war Nummer sechs. Nun noch den Kopf vom Körper trennen, damit keiner des Nachbarn Hasen erkennen konnte, das war Nummer sieben. Fell unter den Arm, Kopf zum Blut in den Eimer, raus zum Misthaufen, mit der Mistgabel im nun dunklen Hof ein Loch in den Mist graben, Fell, Kopf und Blut in das Loch, zuschaufeln, das war Nummer acht. Buh, geschafft! Und niemand hatte mich gesehen. Dass das Kaninchen bedeutend größer war als meines, hatte keiner von unserer Familie gemerkt.

Meine Mutter fragte mich nach dem Fell, aus dem sie für Elke einen Muff machen wollte.
“Mutti, ich habe doch das erste Mal ein Kaninchen geschlachtet. Dabei bin ich so oft mit dem Messer ausgerutscht, dass das schöne

Fell ganz zerschnitten ist. Ich habe es mit dem Kopf im Misthaufen vergraben. Ich wollte den Kopf auch nicht mehr ansehen, das kannst Du doch sicher verstehen?“
Sie konnte. Und erst viel später, auf dem Weg nach Hamburg, habe ich ihr von dieser Notschlachtung erzählt und von den vielen Geheimnissen, die ich in Zell noch verbrochen hatte. Und meine Großmutter saß mir lächelnd gegenüber im Zug.

Am zweiten Weihnachtstag, beim Rodeln hinterm Pfarrhaus, habe ich meinen Nachbarsfreund gefragt:
„Hattet ihr zu Weihnachten auch Kaninchenbraten?“

1945

Ging der Ausrufer mit der Glocke bis jetzt einmal die Woche die Straße rauf und runter, um die allerneuesten Nachrichten auszurufen, tat er es jetzt fast täglich.

Bekanntmachung. Bekanntmachung:
„Der Krieg rückt immer näher an Zell heran. Die Russen stehen eben vor Chemnitz. Dresden ist total ausgebombt."

„Bekanntmachung! Bekanntmachung!
Die Amerikaner stehen eben vor Bayreuth und marschieren gegen Osten!"

Es war Ende April als ich allein zum Waldsee lief, um aus unserem Versteck einige Wertsachen zu holen, - ein Messer, Bindfäden, ein Seil, ein Kartenspiel und noch einiges, was für Jungs wichtig ist - .

Plötzlich hörte ich ein Knacken unter mir. Mein Blick ging vorsichtig durch die Luke, und ich sah und hörte drei deutsche Soldaten.
„Das ist ein guter Platz um, unsere Sachen zu verstecken, hier unter dem Hochstand ist die Erde schön weich. Wir nehmen unsere Messer, graben genau hier ein Loch, und wir legen unsere Stahlhelme, Gürtel, Messer und Pistolen, sowie mein Eisernes Kreuz hinein."

Mucksmäuschenstill verhielt ich mich. Durch eine Ritze im Boden sah ich, wie sie die Militärsachen in das Loch legten und mit Sand zudeckten. Darüber legten sie noch trockenes Holz und Zweige. Dann zogen sie ihre Uniformen aus und standen in ihren langen Unterhosen da. Ich dachte bei mir:
„Wollen die so im Unterzeug weiter gehen?" Aber da wendeten sie ihre Klamotten von innen nach außen und zogen sie verkehrt rum wieder an.
„So wird man uns nicht gleich als Soldaten erkennen. Bis jetzt haben wir unsere Flucht vor den Russen gemeinsam gemacht, doch nun ist es besser, unsere Wege trennen sich jetzt. Einer allein fällt nicht so

auf. Wenn uns jemand begegnet, tut jeder so, als wenn er auf einem Feld arbeitet."

Sie umarmten sich und wollten nach dem Krieg einmal wieder herkommen, um zu sehen ob ihre Sachen noch da sind.
„Der Krieg ist ja nun bald aus, wünschen wir, dass zu Hause noch alle leben!"
Damit gingen sie jeder in eine andere Richtung davon.

Lange blieb ich noch auf unserem Hochstand sitzen, denn was ich da eben erlebt hatte, musste ich erst einmal verdauen. Drei deutsche Soldaten hatten Fahnenflucht begangen. Wir hatten doch in der Schule immer gehört, dass das mit dem Tode bestraft wird. Na, aber wenn der blöde Krieg nun bald vorbei ist, kann ich nur hoffen, dass sie den Weg nach Hause finden, ohne von den Feldgendarmen erwischt zu werden.

Aber nun wurde ich neugierig. Mit meinem Messer und mit bloßen Händen grub ich, nachdem ich das Holz und die Zweige beiseite geschafft hatte, die Sachen wieder aus. Da lagen sie nun. Besonders angetan hatte es mir das Koppel, der Gürtel mit dem Hakenkreuz, und da ich kein vernünftiges hatte, nahm ich eines heraus und band es mir um. Sorgfältig füllte ich das Loch wieder und legte auch das Holz und die Zweige wieder drauf. Zum Schutz nahm ich ein paar Steine, damit die Erde besser befestigt war. Der Gürtel war natürlich viel zu groß, aber man konnte ja mit einem spitzen Messer noch ein paar Löcher in das Leder reinbohren.
Voller Stolz kam ich damit zu Hause an und erzählte die ganze Geschichte nur meiner Großmutter, denn Mutti und Elke hätten sich bestimmt vor Angst in die Hose gemacht. Denen wurde nur gesagt, dass ich den Gürtel im Wald gefunden hätte.

Die Glocke erklang wieder:

„Bekanntmachung! Bekanntmachung! Alle Bürger von Zell dürfen ab sofort nicht auf die Strassen und Felder gehen! Der Bürgermeister hat den Notstand ausgerufen! Jeden Moment können amerikanische Soldaten mit Jeeps und Panzer in Zell einmarschieren. Es wird geraten, nicht an die Fenster zu gehen. Die Soldaten werden bei den kleinsten Bewegungen sofort schießen!“

Einige Minuten später hörten wir, wie die Panzer unter unserem Fenster vorbei fuhren. Man konnte das Rasseln der Ketten bis in die Küche hören. Meine Mutter hatte gerade heißes Wasser gemacht und die Zinkwanne zwischen zwei Stühle gestellt, weil ich gebadet werden sollte. Es war der zweite Mai, mein neunter Geburtstag. Schön sauber stieg ich aus der Wanne hoch. Meine Mutter hatte vergessen, ein Handtuch bereit zu legen und ging gedankenlos an den Schrank, der neben dem Fenster stand.

Ein Maschinengewehr ratterte und die Geschosse drangen neben dem Fenster in die Mauer ein. Sie sprang mit einem Satz vom Fenster zurück und fiel gegen die Stühle, auf dem die Wanne stand, in der ich kurz vorher noch aufrecht auf das Handtuch wartete. Ein Knall, ein Fall und die Wanne mit all dem Wasser fiel mit einem großen Knall auf die Erde. Ich lag mit Armen und Beinen nach oben gestreckt auf dem Boden, hatte mir furchtbar wehgetan und schrie aus Leibeskräften. Meine Schwester begleitete mein Weinen mit Geheule, und meine Großmutter nahm das Handtuch, trocknete jedoch nicht mich ab, sondern versuchte das Wasser vom Boden aufzuwischen.

Plötzlich laute Rufe:
„Open the door, open the door!” Mutti öffnete die Tür und zwei Soldaten in Uniformen mit hoch erhobenen Gewehren standen vor ihr. Sie zerrten sie am Arm:
„Follow us, come on, follow us! You stood at the window. We are Militärpolice.”

Meine Großmutter zog meine Mutter zurück, nahm mich an die Hand nach vorne, zeigte auf den Boden, die Wanne, das Wasser und auf mich Nackedei. Dann zeigte sie ihnen das nasse Handtuch und auf den offenen Schrank.
„Mama nicht mitkommen, Junge krank."
Sie stand wie ein Racheengel vor ihnen und weinte auf einmal bitterlich los.

Ich weiß nicht, ob die Militärpolizisten vor ihr Angst bekamen oder ob sie Mitleid hatten. Auf jedenfall zogen sie ohne meine Mutter ab. Viele der Hausbewohner hatten sich mittlerweile auf dem Flur versammelt und verfolgten die für uns so schreckliche Angelegenheit. Aber als die Soldaten abzogen, haben sie meiner Oma zugeklatscht.

Zwei Tage durften wir die Strasse nicht betreten. Dann wurde ich aber neugierig, und auch die anderen Kinder aus dem Haus guckten vorsichtig um die Ecke. Dort sahen wir ein paar schwarze Soldaten stehen. Sie lachten uns mit ihren schneeweißen Zähnen an und steckten uns ein Stück graues längliches, lederartiges Stück zu.
„Chewinggum?"
Wir guckten wie Bahnhof und wussten nicht, was wir damit anfangen sollten. Der eine Soldat steckte eines in den Mund und kaute darauf herum. Nun merkten wir, dass es was zum Kauen war, nahmen so ein Stück und steckten es in den Mund, aber nicht ohne vorher daran gerochen zu haben. Es roch prima nach Pfefferminz. Chewinggum war das erste englische Wort, das ich lernte. Nun wussten wir, dass das Kaugummi war.

Am nächsten Tag verbreitete sich wie ein Lauffeuer der Satz:

Es ist endlich Frieden!

Der Jubel kannte keine Grenzen. Alle Leute lagen sich in den Armen.

Wir tanzten wie wild auf der Strasse, und auch die jungen amerikanischen Soldaten, die fast alle eine dunkle Hautfarbe hatten, tanzten mit uns herum. Der Soldat, der meine Schwester an die Hand hatte, bekam auf einmal große Augen. Er sah an mir herunter und deutete auf meinen Gürtel.
„Souvenir, Souvenir ? »
Was meinte der mit Souvenir? Ah, vielleicht meinte der ein Andenken an den Krieg
Ich schüttelte mit dem Kopf, denn ich war froh, dass ich endlich einen Ledergürtel hatte.

„Chewinggum, Chocolate?“

Mit dem Wort Chocolate konnte er nur Schokolade gemeint haben. Ich fasste an meinen Gürtel, löste instinktiv ganz langsam die Schnalle und sah ihn mit fragenden Augen an.
„One Moment please“, sagte er und rannte wie der Teufel davon. Das Wort Moment hatte ich verstanden und so wartete ich. Die anderen Kinder hatten das mitbekommen, sie starrten mich an und warteten auch auf das, was da kommen sollte.
Nach kurzer Zeit kam der Soldat wieder und gab mir eine Tafel Schokolade und eine große Schachtel Chewinggum. Die anderen Kinder bekamen auch jeder ein Stückchen, was ich jedoch nicht verstand, hatten die doch gar nichts zu verkaufen.

Aber der Soldat war klug, nahm mich beiseite und fragte mich:
„Do you have more Souvenir? For my friends. Chocolate, Coffee, Chewinggum?“

Da ging ein Zittern durch meine Knie und ich musste an unseren Hochstand denken. Ich zuckte die Achseln und lächelte ihn an, zeigte auf seinen Helm und fragte:
„Deutscher Stahlhelm?“ Ich zeigte ihm auch mein altes Messer und

fragte:
„Deutsches Messer?“

Er nickte begeistert: „Drei Tafeln Schokolade und ein Pound Coffee.“
Er lernte schnell deutsch.

Ich nahm seine Hand, zeigte auf seine Armbanduhr und bedeutete, dass ich eine Stunde brauche. Ich zeigte auf meine Beine und erklärte ihm, dass ich laufen musste.
Erst da bemerkte ich, dass der Soldat gut getan hatte, den anderen auch ein Stück Schokolade zu geben. Er wollte nicht, dass die Kinder sehen konnten, was wir hier besprachen.

Nun, ich war auch nicht blöde und lief in die entgegengesetzte Richtung unseres Hochstandes davon.

Steine runter, Holz und Zweige ab und ein Messer und einen Stahlhelm rausgebuddelt, Loch wieder zugemacht.

Er stand mit den Händen in der Hosentasche wartend da und nahm beide Sachen in Empfang. Die Schokolade und der Kaffee waren in meinem Besitz und verschwanden unter meinem Hemd.

Mit grinsendem Gesicht stand ich in der Küchentür, zwinkerte meiner Großmutter zu und holte die Köstlichkeiten hervor. Ich flüsterte ihr zu:
„Ein Gürtel, ein Stahlhelm und ein Messer!“

Das glückliche Gesicht meiner Mutter über den Kaffee kann man nicht mit Worten beschreiben. Minutenlang hielt sie mich in ihren Armen, streichelte meinen Kopf und sagte immer wieder:
„Oh mein Junge, oh mein Junge!“

Da nahm ich die eine Tafel Schokolade und gab sie Elke. Mann, war

sie begeistert! Und in zehn Minuten war von der ganzen Herrlichkeit nur noch das Silberpapier übrig.
„ Daraus bastele ich zu Weihnachten einen Stern“, meinte sie.

Abends im Bett ging ich den Tag noch einmal durch und stellte fest, dass ich wohl einen Fehler gemacht hatte. Der Soldat hätte bestimmt mehr gegeben, wenn ich es noch klüger angestellt hätte. Hoffentlich kommt er morgen noch einmal wieder. Ich hatte ja noch soviel zu verscherbeln.
Am nächsten Morgen, es war ein Sonntag, frühstückten wir bei offenem Fenster. Warum?
Wir wollten nicht, dass die anderen im Haus den Kaffeegeruch riechen konnten.

Mich aber hielt es nicht am Küchentisch. Ich raunte meiner Oma zu: „Drück mir die Daumen, dass der Ami wiederkommt!“

Er stand nicht da. Aber als ich mich gerade umdrehte, kamen drei Gis, wie sie genant wurden, auf mich zu:
„Souvenir, Souvenir?“

Ich zuckte mit den Schultern und schaute sie fragend an. Der eine hatte einen Karton in der Hand, öffnete ihn und zeigte mir vier Pfund Kaffee, sechs Tafeln Schokolade und drei Tüten Kakaopulver.

Ich zeigte auf meine Hose und wies auf eine Schnur, die ich statt des Gürtels trug, auf den Helm eines Soldaten und zeigte wieder auf mein kleines Messer. Sie nickten und ich sagte, was ich gestern von dem anderen Soldaten gelernt hatte:
„One hour please.“

Ich nahm den Karton, brachte ihn nach oben, gab ihn meiner Oma und verschwand in Richtung Waldstein. Nach einigen hundert Metern machte ich einen Bogen nach rechts. Ich musste eine falsche

Spur legen, so hatte ich es im Karl-May-Buch gelesen.

Pünktlich eine Stunde später stand ich mit meinen drei Andenken in einem alten Kartoffelsack vor dem Haus. Die drei Soldaten kamen in einem Jeep vorbei, nahmen den Sack und sagten etwas, was ich damals noch nicht verstand.

„You are a very good fellow! “

Am nächsten Morgen klopfte es an unsere Tür. Die zwei Militärpolizisten mit einem Offizier standen vor uns. Der Offizier zeigte auf mich und sagte:
„Please follow me!“

Meine Oma wollte mich nicht gehen lassen, aber ich sagte:
„Der tut mir nichts, der lächelt. Auch hat er ´please´ gesagt, das heißt, bitte.“

Ich musste in einen Jeep einsteigen. Mann, was glotzten da die anderen Kinder und wir fuhren davon. Mein bekannter Nachbarfreund, der mit dem Hasen, schrie:
„Jetzt wird er endlich verhaftet!“

Wir fuhren aber nur zum Pfarramt. Dort stiegen wir aus und gingen zum Pastor hinein. Ich fragte mich, was die wohl von mir wollen. Mir wurde, obwohl ich eigentlich keine Angst hatte, aber doch ein bisschen mulmig.

Der Pastor machte mir klar, dass die Soldaten mich bei ihrem Leutnant gelobt hatten. Dass ich das Paket mit der Schokolade und den anderen Sachen genommen habe und später die Andenken gebracht hätte,das hätten die Soldaten nicht für möglich gehalten. Er könne Englisch und ich sollte ihm sagen, was ich noch hätte. Ich erzählte ihm dabei auch, wie ich zu den Schätzen gekommen war.

„Zwei Stahlhelme, zwei Messer, zwei Koppel, ein eisernes Kreuz und vier Pistolen, aber ich weiß nicht, ob die geladen sind."
Der Offizier flüsterte ihm etwas zu, dann sagte der Pastor:
„Der Leutnant würde die Sachen gerne sehen und als Souvenir mitnehmen. Es soll dein Schaden nicht sein."
Na, hoffentlich sind die genauso ehrlich, wie ich es war. Aber ich hatte auch keine Möglichkeit nein zu sagen, schließlich hatten die Amerikaner den Krieg gewonnen und sie hätten mich zwingen können.

Mit dem Jeep brauchten wir nur ein paar Minuten. Als wir am Haus unseres Nachbarn vorbeikamen, winkte ich meinem ′Freund′ gönnerhaft zu.

Die Soldaten mussten die restlichen Sachen ausgraben. Das Loch wurde wieder verschlossen und der Jeep brachte mich nach Haus zurück.
Spät am Abend brachte mir die Ordonanz des Offiziers sage und schreibe: Zwei Stangen Zigaretten, zwölf Tafeln Schokolade, sechs Tüten Kakaopulver und für meine Mutter und meine Großmutter je ein Paar Nylonstrümpfe. Die wären für den Schreck beim Einmarsch. Die MPs hätten dem Leutnant von meiner tapferen Großmutter berichtet.

Das war nun das erste Geschäft meines Lebens. Irgendwie hatte mir das Spaß gemacht. Später sollte es mein Beruf werden.

Mit der Schokolade und den Zigaretten zog ich nun wieder los, um bei den Bauern etwas zu hamstern. Aber ich lernte bald, dass das jetzt nicht mehr betteln war sondern der Beginn des Schwarzmarktes. Mit einem Mal konnte ich Würste, Stücke von Schinken, Käse, Butter und Eier bekommen. Als ich die gierigen Blicke auf meine Camel-Zigaretten bemerkte, wurden meine Sinne auch gierig. Meine Preise gingen immer höher. Am Anfang versuchten die Bauern oder Bäuerinnen mich über den Tisch zu ziehen, aber nicht mit mir.

Wir teilten die Zigaretten und die Schokolade in den nächsten Wochen und Monaten so ein, dass sie nicht so schnell eingetauscht waren, man wusste ja nicht, wann wieder normale Verhältnisse eintreten würden.

Meine Mutter wurde immer unruhiger. Sie konnte es in diesem Nest nicht mehr aushalten. Als sie von Tante Elsa hörte, dass in Münchberg das Kino wieder öffnete, versuchte sie alles, um wieder nach Münchberg zu kommen.

Ich ging mit einer Schachtel Zigaretten zum Pastor und bat ihn, doch einmal bei seinem Kollegen anzurufen, ob der uns nicht eine Unterkunft besorgen könne.
„Hast Du noch ein paar Zigaretten? Wenn ja, könnten die bestimmt eine Tür öffnen."

Es vergingen keinc drci Tagc und wir erhielten die Nachricht, dass wir nach Münchberg umziehen können. Für mich war es ein sehr trauriger Abschied, hatte ich doch den Hof und die Kinder Ilse und Gerda sehr liebgewonnen. Auch von den Tieren und der Arbeit auf dem Hof wollte ich mich nicht trennen.

Zwei Schachteln Zigaretten wechselten die Besitzer, und wir bekamen bei einem Metzger, der auch einen Bauernhof und ein Hotel hatte, genau gegenüber der Sparkasse, wo Familie Schott wohnte, ein großes Zimmer. In dem Raum standen wieder die sogenannten Ehebetten und ein großer Kleiderschrank. Rechts von den Betten war ein Küchenschrank, ein Ofen zum Kochen, sowie ein Tisch und vier Stühle. Die Betten waren durch einen Vorhang getrennt, der durch das ganze Zimmer verlief, so dass für Mutti und Omi noch Platz zum Lesen, Stricken und Häkeln blieb.

Nun musste erst einmal das ganze Anwesen durchstöbert werden. Wir gingen auch in die Remise, in der die landwirtschaftlichen Ge-

räte, Pflüge und Mähmaschinen standen. Im Obergeschoss war ein großer Raum mit vielen Truhen und einem sehr schönen Schrank. Auf diesem stand ein riesengroßes Keramikschwein. Es war mit einer roten Hose und einem blauen Hemd bemalt. Ich machte ein paar Schritte auf den Schrank zu, als plötzlich der Boden unter mir nachgab und ich in diesem versank. Meine Mutter fiel in Ohnmacht, da sie gerade unter uns die Maschinen mit ihren spitzen und scharfen Haken und Schaufeln gesehen hatte.
Dass ich gleich darauf mit dem Kopf wieder hoch kam, hatte sie nicht mehr bemerkt. Die Scheune war mit einem Doppelboden ausgestattet, und so konnte ich schnell unversehrt wieder heraussteigen.
„Hol für Mutti schnell ein Glas Wasser!“,
waren die Worte meiner Großmutter, die sich sehr schnell von dem Schreck erholt hatte. Ich raste hinunter und erzählte jedem der mir begegnete, was mir da oben passiert war, und dass meine Mutter ohnmächtig geworden war. Als ich nach mehreren Minuten mit dem Glas Wasser wieder oben ankam, war meine Mutter natürlich schon wieder bei Bewusstsein.
„Was hast du bloß so lange gemacht? Das hat ja eine Ewigkeit gedauert“, waren die Worte meiner Oma.

Bei dem Bauern durfte ich nicht mit aufs Feld, dafür durfte ich in der Schlachterei beim Wurstmachen zu schauen. Für eine Zigarette bekamen wir vom Gesellen manchmal ein großes Stück Wurst, was ich immer schnell im Hemd verstecken musste, da der Chef es nicht sehen durfte.

Auch hier war ich ein eifriger Kirchgänger, kein Sonntag verging, ohne dass ich den Gottesdienst besuchte. Ein bisschen Probleme bekamen wir in der Schule, da die Kinder hier in der Stadt schon etwas weiter waren. Aber nach nur zwei Wochen waren wieder große Ferien, und wir wollten nichts weiter als spielen und ins wieder eröffnete Schwimmbad gehen.

Aber Pustekuchen, jeden Morgen von Montag bis Freitag mussten wir mit unserer Oma den Stoff der Münchberger Schule nachholen. Wir sollten nach den Ferien nicht dümmer sein als die anderen. Kein Brüllen und kein Meckern half, wir mussten lernen. Manches Mal wurde es mir zu dumm und ich wurde ausfallend und sagte manchmal sehr böse Worte zu meiner Großmutter. Dann musste ich hundertmal auf meine Schiefertafel schreiben:
„Ich darf nicht frech zu meiner Oma sein."
Und wehe ich hatte mich verschrieben oder Fehler gemacht. Dann wischte sie alles wieder aus, und ich musste wieder von vorne beginnen. Später in Hamburg waren meine Hefte manchmal ganz dünn, weil meine Oma alle Seiten herausriss, die in ihren Augen nicht gut genug waren. Den Satz: „Ich darf nicht frech zu meiner Oma sein", musste ich selbst im Gymnasium noch schreiben.

Jede freie Minute benutzte ich nun, um Münchberg zu durchstöbern. Jede Ecke der Stadt wurde kontrolliert, um irgend etwas zu finden oder zu organisieren. Einmal, nicht weit vom Zimmer von Tante Elsa, sah ich einen Luftballon auf der Strasse liegen. Ich pustete ihn auf, als mir Tante Elsa den schönen weißen Luftballon aus der Hand riss, und igittigitt schrie. Ich wusste nicht, wie mir geschah, rannte nach Hause, und beschwerte mich bei meiner Mutter.
„Davon verstehst du nichts, was das war, erkläre ich dir, wenn du groß bist. Jetzt wasch dir ganz gründlich den Mund, dein ganzes Gesicht und die Hände."
Mit 16 Jahren, in der Lehre, habe ich dann diese Dinger verkauft.

Meine Mutter durfte in der Waschküche des Hotels auch unsere Wäsche waschen. Als sie darum bat, für amerikanische Soldaten waschen zu dürfen, wurde es ihr erlaubt. Der Preis waren fünf Zigaretten für unseren Hauswirt. Eines Tages musste ich Wäsche zu einem fremden Mann bringen. Er war seit einigen Tagen im Hotel Adler einquartiert. Ich klopfte an die Tür und erschrak gewaltig. Vor mir stand ein Mann, der war so dünn, dass man seine Adern durch

die Haut sehen konnte. Er aber lächelte und sagte:
„Komm nur herein, ich weiß, wie ich aussehe, ich tu dir auch nichts."
Ich gab ihm die Wäsche und er mir das Geld. Meine Mutter hatte mit Bleistift den Preis darauf geschrieben. Und kam etwas, was ich mein ganzes Leben nicht vergessen werde. Er deutete auf den Tisch, und da lagen frische duftende Brötchen mit Butter und Leberwurst bestrichen.
„Lang zu, nimm dir eines."
Ich setzte mich zu ihm und aß mit Genuss dieses tolle Brötchen. Nachdem ich ihm erzählte, wie alt ich war und was wir in den letzten Jahren erlebt hatten, fragte ich ihn, warum er so dünn sei. Er meinte, das wäre eine zu lange Geschichte und nichts für so kleine Jungen wie mich. Er sagte nur mit ganz ernstem Gesicht:
„Ich bin gerade aus einem KZ gekommen, wo ich viele Jahre gelebt habe. Ich wünsche dir, dass du so etwas nicht erleben musst. Jetzt bekomme ich ein bisschen Geld und Verpflegung, damit ich wieder zu Kräften komme. Nun bin ich aber müde vom Erzählen und muss mich hinlegen. Vielleicht sehen wir uns noch einmal, wenn deine Mutter wieder Wäsche für mich wäscht. Das nächste Mal schickte ich aber Elke zu ihm, damit auch sie so ein schönes Leberwurstbrötchen bekommen solle.

Die Schule begann wieder und meine Schwester und ich waren auf einmal die Besten in unseren Klassen. Ja, hier hatte jedes Alter sein eigenes Klassenzimmer. Jetzt merkte ich, meine Großmutter hatte Recht gehabt mit den verfluchten Ferienarbeiten.

Die Tage wurden kürzer, die Nächte immer länger, der Herbst kam und es wurde kalt. Der Ofen im Zimmer heizte nicht so gut, nur gerade so, dass man darauf kochen konnte. Meine Mutter, Oma, Tante Elsa und Elsa unterhielten sich hinter dem Vorhang. Sie saßen da mit dicken Pullovern und Mänteln, da es so kalt war. Ich stellte mich schlafend.
„Wann können wir wieder aus diesem Nest verschwinden? Wann

können wir wieder nach Hamburg? Wie es bloß meinem Alois geht, ob er noch lebt?", fragte meine Mutter.
Auch Tante Elsa wurde immer unruhiger, wusste sie doch nicht, wo ihr Mann, unser Onkel Rudi war. Seit vier Jahren hatte sie nichts mehr von ihm gehört. Das letzte Mal kam die Feldpost aus Stalingrad, aber der Brief war vom Mai 1942.

Des Öfteren wurde ich nachts von meiner Großmutter, die ja neben mir im Bett lag, geweckt.
„Horst aufstehen, Du hast wieder ins Bett gemacht!"
„Aber ich war doch gerade auf der Toilette und habe Pipi gemacht! ", antwortete ich schlaftrunken.
„Das hast du wohl geträumt."
Das Bettlaken musste gewechselt werden. Und am nächsten Tag wieder gewaschen. So ging es leider mehrere Wochen. Ich träumte immer, dass ich auf der Toilette auf der anderen Seite des Ganges war und dann passierte das Malheur.

Weihnachten 1945. Wir hatten, dank der Zigaretten, zum Fest einigermaßen zu essen. Nach dem Gottesdienst gingen wir wie vor fünf Jahren zur Familie Schott, die ein sehr großes Zimmer hatten. Dort feierten wir das Fest mit einem großen Baum und einem guten Essen: Schweinebraten, Klöße und Rotkohl. Das war unser letztes gutes Essen für lange Zeit. Und genau wie vor fünf Jahren am Neujahrstag war es der letzte Abend, den wir mit der Familie Schott gefeiert haben.

1946

Wieder einmal saßen wir im Zug. Dieses Mal wollten wir zurück nach Hamburg. Ein Sonderzug war zusammengestellt worden für alle Flüchtlinge, die zurück in ihre Heimatstädte wollten.

Im Abteil saß nur unsere Familie und Gott sei Dank auch Tante Elsa mit unserer Cousine. Eigentlich war es die Cousine unserer Mutter, aber das spielte keine Rolle. Für uns war sie noch zu jung, um sie Tante zu nennen.

Frankfurt a. Main war erreicht. Wir brauchten sehr lange dahin, da wir immer wieder stehen bleiben mussten, um Truppentransporter der Alliierten vorbei zu lassen.
Der Lautsprecher ertönte:
„Der Zug nach Hamburg hat wohlmöglich zwei Stunden Wartezeit."
Ich wurde zum Wasserholen zur Inneren Mission geschickt. Mit mir konnte man ja so etwas machen! Eigentlich hätte Elke das auch einmal tun können, denn die war ja jetzt schon groß genug.
In einer langen Warteschlange stand ich mit meinen Flaschen in der Hand. Als sie endlich gefüllt waren, eilte ich schnell zum Zug zurück, denn die fünf hatten bestimmt großen Durst.
Ich suchte nach dem Zug. Hatte ich den falschen Bahnsteig erwischt? Nein, es war der richtige, aber der Zug war fort. Mein Gesicht wurde lang und länger. Was ist passiert? Wo sind meine Mutter und die anderen? Sind sie ausgestiegen, als ich nicht wiederkam?
Was sollte ich machen? Da war guter Rat teuer. Es standen viele Züge auf dem Sackbahnhof von Frankfurt. Die meisten waren Militärtransporte mit amerikanischen und englischen Soldaten.
So ging ich zurück zur Mission und fragte eine Schwester, was ich jetzt nur machen sollte. Neben uns stand ein Sergeant der Amerikaner. In Englisch erzählte sie ihm, was mir passiert war. Er lachte laut: "Our train goes to Hamburg. I will ask our Officer. May be we can help this little boy."
Ich hatte nur Hamburg verstanden, aber die Schwester übersetzte mir alles. Der Sergeant nahm mich an die Hand und brachte mich zu

seinem Zug. Ein Offizier stand dort. Der Sergeant salutierte und teilte ihm mein Problem mit.
„No problem, please look for a good place for this little boy."

Man schaffte mich in ein Abteil, in dem fünf riesengroße schwarze Soldaten saßen. Sie lachten mich mit ihren weißen Zähnen an und redeten wie wild auf mich ein. Aber meine englischen Kenntnisse reichten über Coffee, Chocolate, Cigarettes, Chewinggum, please und one hour nicht aus, um mich mit den netten schwarzen Männern zu unterhalten. Mit Händen und Füßen unterhielten wir uns. Dann verwöhnten sie mich mit Schokolade und Kakao, sowie mit Keksen. Wir brachten uns gegenseitig englisch und deutsch bei und bevor sie mich, als ich müde wurde, im Gepäcknetz zum Schlafen legten, wussten wir schon, was Mutter, Vater, Bruder, Schwester, Oma, Danke und auf Wiedersehen in der anderen Sprache hieß.
Die ganze Nacht schlief ich wie ein Murmeltier mit vollem Bauch hoch über den Soldaten, die sich die ganze Nacht unterhielten. Man merkte ihnen an, dass sie froh waren, dass der Krieg vorbei war und sie am nächsten Tag mit einem Schiff nach Amerika zurück fahren durften.

In Hamburg schoben sie mir noch eine Tafel Schokolade zu, mit den Worten:
„That's for your sister."

Mein erster Weg führte mich auch hier zur Inneren Mission:
„Der Zug mit meiner Mutter ist in Frankfurt ohne mich losgefahren. Sind meine Oma und die andren vielleicht schon da?"
Nein, sie waren noch nicht da.
„Du kannst aber hier bei uns warten, die werden schon noch kommen. Du kannst ja zu jedem Zug, der einläuft, hinlaufen und nachsehen, ob sie dabei sind. Und wenn sie heute nicht kommen, kannst du auf einem Feldbett schlafen. Außerdem kannst du Dich nützlich machen. Wir kochen die Verbände und Mullbinden aus, und du kannst

sie mit mir dann wieder aufrollen.“
Drei Tage und zwei Nächte vergingen. Immer wieder lief ich zu den einlaufenden Zügen und war jedes Mal enttäuscht, dass sie nicht dabei waren. Ich hatte keine Angst um sie. Ich war nur wütend, dass sie mich so lange warten ließen.

Am dritten Tag, am Nachmittag, lief wieder ein Zug ein. Wie immer hatte ich die Tafel Schokolade in der Hand. Sie war noch unversehrt. Meine Mutter stand wieder einmal direkt an der Tür und sprang nach draußen. Ich lief ihr in die Arme, und sie schwang mich im Kreis herum. Dabei liefen ihr Tränen über die Wangen. Krampfhaft hielt ich die Schokolade für Elke in der Hand, sie wäre mir bei der stürmischen Begrüßung fast aus der Hand gefallen.
Nun kamen auch die anderen aus dem Zug. Elke freute sich natürlich über die Schokolade, die sofort angebrochen wurde, denn sie hatte großen Hunger. Die Tafel wurde aber von allen verspeist. Dann gingen wir zur Inneren Mission, bei der sich meine Mutter für die Aufnahme ihres Sohnes bedankte. Dort erzählte sie auch, was sie gefühlt hatte, als der Zug ohne mich in Frankfurt abfuhr. Sie hatten alle geschrieen und wollten die Notbremse ziehen, die aber nicht funktionierte. Die einzige, die die Nerven behielt, war meine Oma, die sich sicher war, dass ich mir zu helfen wusste. Der Zug wurde sehr oft umgeleitet, um überall noch Leute mitzunehmen. Auch musste er oft lange stehen, um immer wieder die Truppentransporter vorbeizulassen. Aber am schlimmsten wäre die Angst um mich gewesen.
Nachdem auch meine Geschichte erzählt war, nahmen wir unsere Kartons und Koffer und fuhren nach Altona. Die freundliche Schwester hatte uns gesagt, dass in der Bahrenfelderstrasse ein Auffanglager sei. Tante Elsa wollte nicht mit ins Lager. Sie wollte bei ihrer Freundin vorbeischauen, von der sie wusste, dass sie nicht ausgebombt war.
Entsetzt standen wir vor dem Tor des Lagers. Am liebsten wären wir wieder umgekehrt. Massenweise standen dort Nissenhütten. Das waren eine Art Baracken. Nur waren die hier mit runden Wellblech-

dächern versehen. Der Lagerverwalter notierte sich unsere Daten und erklärte uns das Lager.
„Dort drüben links stehen die Waschräume und Toiletten der Frauen und rechts die der Männer. Es sind immer zwölf Duschen vorhanden. Leider haben wir keine Vorhänge oder Wände dazwischen, aber für ein paar Wochen wird es wohl gehen. Die Großküche steht am Ende des Lagers. Sie kochen da für alle. Morgens gibt es Ersatzkaffee für die Erwachsenen und zwei Scheiben Brot mit Margarine. Für Aufschnitt oder Marmelade müssen sie selber sorgen. Am Abend gibt es ein warmes Essen, aber versprechen Sie sich nicht zuviel davon. Wir haben nichts Gescheites, um eine gute Mahlzeit für 900 Menschen zu kochen."

Er teilte uns eine Baracke zu. 14 Etagenbetten standen in langer Reihe nebeneinander. Wir mussten in der Mitte zwei Betten belegen. Es war grausam. Alle Menschen, Erwachsene und viele Kinder schrieen durcheinander. Wir legten die Kartons und Koffer unter die Betten. Neben den Betten waren Kleiderhaken, an denen man seine Kleidung hätte anhängen können. Aber unsere Haken waren schon von anderen belegt, und wir hatten Angst, die Kleidung der Nachbarn weg zu räumen. Wir wollten warten bis sie wieder kamen.

Als erstes schoben wir mit vereinter Kraft die beiden Betten zusammen, damit wir wenigstens nicht auch noch untereinander getrennt waren. Abends, wenn wir in unseren Betten verschwanden, klemmten Omi und Mutti Wolldecken unter unsere Matratzen. Diese hingen dann bis über ihre Betten, und sie hatten dort die Möglichkeit, sich unbesehen von den anderen aus- oder umzuziehen. Auch konnten sie ein bisschen wie in einer Höhle schlafen.

Da waren wir nun. Mit hängenden Gesichtern, entsetzt und traurig, schauten wir uns an. Wie schön war es doch in Zell oder Münchberg gewesen.

Die Nachbarn kamen zurück, ein Mann mit seiner Frau. Sie waren schon sehr alt und sehr nett. Sie erzählten uns, dass sie versucht hätten, auf dem schwarzen Markt etwas Lebensmittel zu ergattern. Aber für ihre Uhr wollten sie ihr noch nicht einmal ein Brot geben. Die beste Währung seien Zigaretten. Man könne dafür fast alles kaufen, was das Herz begehrt. Wo die Sachen aber herkommen, das wissen die Götter.
Sie gaben uns auch noch einen guten Tipp:
„Das Abendessen gibt es immer um sieben Uhr. Wir gehen aber immer schon eine Stunde früher hin. Die Köchinnen stellen die Behälter mit dem Essen immer nur hin. Jeder bekommt eine kleine Schüssel und darf sich dann selber, aber nur einmal bedienen. Wenn ihr mit die ersten seid, schwimmt das Fett immer noch oben auf der Suppe oder dem Essen. Später ist es auch nicht mehr warm. Und passt auf eure wertvollen Sachen auf. Es wird hier ganz schön geklaut."

So gingen wir also gleich heute sehr früh zur Küche, um auf das Essen zu warten. Es war so, wie der Lagerverwalter und das Ehepaar gesagt hatten. Es gab eine dünne Erbsensuppe, aber wir erwischten noch ein paar Speckwürfel und einige Fettaugen.

Die erste Nacht war fürchterlich. Elke und ich lagen in den oberen Betten, und wir schauten von dort in die Baracke hinab. Auf einigen Stühlen saßen Männer und Frauen und rauchten. Der Rauch zog nach oben und es stank widerlich. Auf einem Tisch wurde ein Baby gewickelt, auch das stank widerlich. Kleine Kinder schrieen wie am Spieß.
Gott sei Dank wurde um 22 Uhr das Licht abgeschaltet, um Strom zu sparen. Nun wird langsam Ruhe eintreten, dachten wir. Aber noch Stunden unterhielten sich die Leute, und als das letzte Gespräch verstummt war, fing die Schnarcherei an. 28 Personen in einem Raum und kein Fenster offen, es war wirklich eine Qual. Wir wussten nicht, wie wir das aushalten sollten.

Aber man gewöhnt sich an alles. Wir mussten das ganze drei Wochen ertragen.

Die alten Leute gaben mir noch einen guten Ratschlag:
„Junge, geh Zigarettenkippen sammeln. Es laufen genug Engländer und Amerikaner durch die Stadt, die werfen manchmal die halben Zigaretten fort. Bei den Deutschen hat das wenig Zweck, die rauchen ihre meistens, bis sie sich die Finger verbrennen. Ihr macht das Papier dann ab, und sammelt den Tabak, bis ihr schön etwas zusammen habt. Wir sind dafür schon zu alt.“

Wir dachten an den guten Rat, auf unsere Sachen aufzupassen, und so blieb immer einer in der Baracke, um auf unsere wirklich nicht wertvollen Sachen zu achten. Aber selbst ein benutztes Taschentuch hatte seinen Wert.

Meine Mutter ging auf Zimmersuche und ich tigerte los, um Zigarettenkippen zu sammeln. Ich ging in Richtung Bahnhof, denn dort mussten ja die meisten Menschen sein. Einen alten Briefumschlag für den Tabak hatte ich mir eingesteckt.

Man musste Glück haben oder man musste gerissen sein. Denn andere wollten das gleiche wie ich. Ich lief hinter einem Mann her, der rauchte. Als er die Kippe fortwarf, schnellte von hinten ein Mann vor, rannte mich um und nahm die brennende Kippe auf. Er steckte sich den kläglichen Rest in den Mund und zog mit gierigen Augen daran. Aber es sollte nicht lange dauern und ich ergatterte auch einige Kippen.
Am Abend half mir der alte Mann, den Tabak vom Papier zu trennen. Er war Gott sei Dank Nichtraucher.
Eine Frau zwei Betten weiter hatte meinen für ihre Augen kostbaren Schatz gesehen:
„He Kleiner, wenn du mir den Tabak gibst, bringe ich dir morgen einen Bückling aus der Fischfabrik mit!“

Ich wusste nicht, ob die Frau so ehrlich war wie meine Amis.
„Ich bewahre den Tabak bis morgen für Sie auf. Wenn Sie den Fisch haben, bekommen sie den Tabak.“
Allgemeines Gelächter in der Baracke, ich hatte wohl den Nagel auf den Kopf getroffen.
Am nächsten Morgen gingen wir zwei Kinder auf Zigarettenpirsch. Ein Amerikaner zündete sich eine Zigarette an. Wir ihm nach und Elke schaute ihn lächelnd an. Er grinste zurück und sagte:
„Hello Blonde!“ Dann warf er die eben angesteckte Zigarette auf die Erde. Oh, was war Elke aufgeregt. Wir hatten keine Schule, da wir auf Zimmersuche waren. So waren wir den ganzen Tag unterwegs. Abends saßen wir da und primelten den Tabak aus den Kippen in den Umschlag.

Da hing auf einmal ein großer Bückling vor meiner Nase.
„Hier der Fisch, wo ist der Tabak?“
Ich gab ihr den Tabak.
„Die Tüte brauch ich aber wieder, da wir heute viel Tabak geerntet haben! Wir zeigten ihr den Ertrag unseres Tages und sie bekam lüsterne Augen.
„Was wollt ihr dafür haben? Ich gebe euch dafür drei Bismarckheringe.“
„Das ist mir zu wenig. Ein Bückling muss noch dazu.“

Meine Kippensammlerei musste besser werden. Fisch war nicht mein Lieblingsessen. Ich wollte auch einmal Wurst und Marmelade aufs Brot haben. Zu kaufen gab es nur Steckrübenmarmelade. Zum Abend gab es fast immer Steckrüben. Limonade gab es heiß oder kalt, die war aber auch aus Steckrüben. Man nannte das Heißgetränk.

So dehnte ich meine Zigarettentouren weiter aus. Ich dachte mir, wenn die Leute zum Zug müssen, werfen sie vielleicht die Zigaretten fort, bevor sie einsteigen. Ich kaufte mir für zehn Pfennig eine Bahnsteigkarte, schaute auf die Abfahrtzeiten der Züge und wenn ein

Zug abfahren sollte, stand ich da und wartete auf die letzten Fahrgäste. Die hatten es besonders eilig und warfen ihre manchmal noch halbaufgerauchten Zigaretten fort. Das war meine Beute. Einmal sah ich eine Zigarette, die noch fast ganz war, steckte sie mir in den Mund und zog daran. Ich erstickte beinahe und röchelte und spuckte wie verrückt. „Nie wieder!", dachte ich.

Wenn gerade kein Zug fuhr und der nächste noch lange bis zur Abfahrt brauchte, postierte ich mich vor den Wartesaal erster Klasse-Nichtraucher. Immer, wenn die Leute das Schild „Nichtraucher" sahen, warfen sie die noch brennende Zigarette auf den Boden. Dabei war ich immer der schnellste. Ja, manchmal ist es gut so klein zu sein, dann ist der Weg nach unten kurz und die anderen Kippensammler hatten das Nachsehen.

Doch am leichtesten war es, die Amerikaner mit meinen erworbenen Englischkenntnissen um eine Zigarette zu bitten:
„Please a Cigarette for my daddy, he is coming from the war, he is no Nazi." Das war die beste Frage. Ich hatte diesen Satz auswendig gelernt. Dabei schaute ich die Amis oder auch die Tommies so treuherzig an, dass ich manchmal sogar zwei Zigaretten bekam.

Die Frau im Lager konnte für Zigaretten alles besorgen. So hatten wir manches Mal eine Scheibe Wurst, Käse, Honig oder Marmelade auf dem Lagerbrot.

Doch die Amerikaner wurden immer weniger. Die Engländer immer geiziger und so wollte ich mich nach anderen Möglichkeiten umsehen.

An meinem zehnten Geburtstag hatte meine Mutter eine große Überraschung für uns alle.
„Nehmt eure Sachen, packt alles in die Kartons und den Koffer. Nehmt Eure Beine in die Hand, wir haben ein Zimmer bekommen!"

Die Freude war übergroß, konnten wir doch endlich dieses blöde Lager verlassen

Wir nahmen die S-Bahn und fuhren bis zum Landwehr- Bahnhof. Zu Fuß konnten wir dann in die Jordanstrasse Nummer 16 gelangen.

„Zahnarzt Dr. Otto Krogmann“ stand an der Tür.

Für uns war dieses große sonnige Zimmer zum Garten hinaus nach der Nissenhütte ein wahres Paradies. Vor allen Dingen hatte es außer den Ehebetten ein weiteres Bett. So hatte meine Oma endlich ihr eigenes. Dafür musste ich jetzt immer mit meiner Schwester zusammen schlafen. Die aber kroch doch immer wieder zu Mutti, so dass ich meistens das Bett für mich allein hatte. Das war ein übergroßes Gefühl.

Dr. Krogmann war ein sehr verschlossener Mann mit einer Narbe auf der linken Wange. Später erfuhr ich, dass das eine Verletzung aus seiner Studentenzeit in Heidelberg war. Seine Frau war eine lustige, große, hübsche Frau, die zwar nicht froh war, dass sie jetzt Untermieter hatte, aber sie war immer sehr nett zu uns. Der Sohn, ein Jahr älter als ich, hieß wie sein Vater Otto, genannt Otti, und wir verstanden uns auf Anhieb ganz gut.

Wir waren in dem Alter, in dem wir Mädchen furchtbar blöde fanden. So versuchte er Elke immer zu ärgern, wo es nur möglich war. Sie hatte sowie so immer Angst, aber vor ihm besonders. Er sagte einmal, als sie in den Keller sollte, um etwas zu holen:
„Dich klaut keiner, wenn dich die Einbrecher im Dunklen klauen, bringen sie dich im Hellen sofort wieder zurück!“

Hinter der schönen Villa war ein großer Garten und dahinter nur Trümmerhäuser. Alle Häuser der hinteren Straße waren zerbombt worden. Nur in der Jordanstraße waren fast alle Häuser stehen geblieben. Die Straße sah aus, als hätte es nie einen Krieg gegeben.

Wir wurden wieder eingeschult, und ich war von der ersten Sekunde in meine neue Lehrerin verliebt. Frl. Schorrer war aber auch zu süß. Ich scharwenzelte hinter ihr her, und nach einer Woche hieß ich nur noch das Schorrerküken.

Meine Mutter wollte auch wieder arbeiten, aber bei der Post lief in Deutschland noch nicht alles wieder normal. Die Züge verkehrten nur teilweise. Es fehlten Lokomotivführer, Busfahrer, Autos oder Fahrräder.
Die Straßen waren wieder frei, die Strommasten und die Gleise für die Straßenbahnen notdürftig repariert und sie fuhren auch wieder. Aus den Straßenbahnfahrern, die noch im Krieg waren, wurden Fahrerinnen. Aus den Schaffnern wurden Schaffnerinnen. Eine von diesen wurde nun meine Mutter.
Es klingt wie ein Witz, aber es stimmt wirklich. An dem Abend, als meine Mutter von ihrem ersten Dienst zurückkam, erklang aus dem Radio, welches wir von Frau Krogmann geliehen hatten, das Lied: „Liebe kleine Schaffnerin, bim bim bim, sag wo fährt dein Wagen hin, bim bim bim?“

Da wir jetzt wieder zur Schule gingen, wollte meine Oma auch wieder halbe Tage arbeiten. Sie ging in die Admiralitätsstraße und suchte das Haus, in dem sie früher gearbeitet hatte. Das Haus stand noch und sie sah voller Freude das Schild:

Carl Dickhaut & Kompanie
Parfümerie- und Toiletten-Großhandel

Sie ging in den ersten Stock, klopfte und eine Stimme rief:
„Herein, wenn es kein Schneider ist!“
Meiner Oma kam es in diesem Augenblick so vor, als wenn es erst gestern wäre, als sie diesen Spruch zuletzt hörte.

Es war die Stimme der Buchhalterin Frau Sävke.
Sie trat in das Musterzimmer. Ein Schrei:
„Martha ist auch wieder da! Kommt alle her!"

Die Chefin, Frau Belz, Herr Eindorf, der Vertreter, und meine Oma lagen sich in den Armen.
Frau Dickhaut hatte gerade die Firma wieder eröffnet. Ihr Mann war im Krieg gefallen und sie versuchte mit den früheren Mitarbeitern sein Werk fortzusetzen.

Am ersten April 1951 sollte ich dazukommen, aber davon später.

Ich selber wollte auch Geld verdienen. So ging ich in jeder freien Minute mit einem Hammer und einem kleinen Meißel, den Otti mir geschenkt hatte, in die Trümmerhäuser hinter dem Garten. Mit einer wackeligen, langen alten Leiter kletterte ich hoch nach oben. Dann kroch ich ganz langsam auf der Mauer nach vorn, nahm meinen Hammer und den Meißel und schlug vorsichtig die Mauersteine vor mir los. Dann rutschte ich langsam mit dem Popo zurück und schlug immer mehr Steine vor mir ab, bis ich ans Ende kam. Dann begann das gleiche von vorn, bis die Mauer eines Tage ganz abgetragen war. Unten warteten Otti und oft auch Elke. Ich warf die Steine hinunter und sie fingen sie auf. Es durften keine kaputtgehen, denn für gute heile Steine bekam man mehr Geld, das hatten wir bald raus.

Diese Arbeit konnten wir natürlich nur machen, wenn unsere Oma und unsere Mutter zur Arbeit waren, denn wenn die mich auf der manchmal über fünf Meter hohen Mauer gesehen hätten, wäre ihnen das Herz bestimmt vor Angst in die Hose gerutscht. Jeder Stein musste vom Putz mit Hammer, Meißel oder Steinschaber gereinigt werden. Die Steine wurden gestapelt und immer, wenn wir einhundert zusammen hatten, ein Stapel mit ganz guten und ein Stapel mit kleinen Fehlern, verkauften wir sie an irgendwelche Leute, die ihre zerbombten Häuser wieder herrichten wollten.

Die Stadt wurde wieder aufgebaut. Aber es gab nichts zum Bauen. Nur auf dem Schwarzmarkt ging es hoch her, sagte man mir.
„Otti, da müssen wir unbedingt auch einmal hin. Mal sehen, was die da so verkaufen, oder was sie so brauchen."
„Schwarzmarkt ist verboten, und wenn sie uns erwischen, kommen wir ins Gefängnis."
„Sei kein Angsthase, kleine Kinder kommen nicht in den Knast." Das war meine Antwort. Er war eben ein Angsthase. Auch brauchte er kein Geld, da sein Vater auch jetzt schon wieder gut verdiente.

Und so zog ich alleine los. Ich hatte mich erkundigt, wo es einen Schwarzmarkt in unserer Nähe gab. Es sollte in Hamburg eine Menge geben. Bei einem Trümmergelände, das man durch einen Torweg erreichte, sah ich einige Männer und Frauen stehen. Einer öffnete seinen Mantel, zog etwas heraus, nahm von einer Frau etwas und verschwand schnell wieder. Ein Junge, der nicht viel älter war als wir, kam zu mir:
„Hast du was zu verkaufen? Willstdu was erstehen?"
„Was wird denn so gebraucht?"
„Vor allen Dingen Sachen, die man zum Bauen braucht. Kupferrohre, Bleirohre, Zement, Steine, Toilettenbecken und vieles mehr."
Ich antwortete:
„Das kann man aber nicht alles hierher bringen."
„Wenn du was hast, komm zu mir. Ich werde den Preis aushandeln. Mich kennt hier jeder. Frag nur nach Rüdiger. Du versteckst die Sachen gut, und wenn die Leute die Artikel brauchen, die du hast, gehen wir damit zu deinem Versteck."
So kam ich zu meinem Partner und späteren Freund, der mich auch nie übers Ohr haute.
Abends nahm ich meine Oma zur Seite und erzählte ihr von meinen Plänen.
„Was willst Du denn da verhökern?", fragte sie.
„Ich habe beim Steineklopfen Kupfer und Bleirohre gesehen. Die schraube ich ab, buddel sie aus oder reiße sie ab. Dann werden sie

versteckt und verhökert. Sag mir mal, was das Wichtigste ist, was wir zum Leben brauchen!“
„Butter, Eier, Mehl, aber bringe doch alles was, Du bekommen kannst. Soll ich Dich begleiten?“
„Nein Omi, das ist zu gefährlich. Kindern tun die Polizisten nichts. Und allein bin ich schneller.“

Nun ging es wieder hinein in die zerbombten Häuser. Überall an den Wänden und in den Kellern hatte ich Rohre aus Blei und aus Kupfer gesehen. Wasserhähne, die noch heil aussahen, wurden abgeschraubt. In einem Zimmer war der halbe Parkettboden noch zu gebrauchen. Rüdiger kam und er half mir, alles was nicht niet- und nagelfest war herauszureißen, zuschlagen und zubohren.

Wir schrieben alles auf, was wir in den Monaten gesammelt hatten und verhökerten das Material schön langsam auf dem Schwarzen Markt. Jedes Mal mussten wir ein neues Versteck in den Kellern der Trümmerhäuser suchen, damit die Männer, die eine Sache geholt hatten, nicht wiederkamen und unsere Beute klauten.

Aber es reichte alles nur, um das Nötigste zum Essen zu besorgen. Die organisierten Bauteile waren natürlich alt und so konnten wir keine so guten Preise erzielen. Es wurde auch immer gefährlicher, da jetzt sogar die englische Militärpolizei die Schwarzmärkte kontrollierte. Und nachdem wir einmal fast erwischt worden waren und sich unser Organisieren auch nicht mehr lohnte, mussten wir uns etwas anderes ausdenken.

Auch wurde es langsam kalt, der Herbst war da und der Winter stand vor der Tür. Die Tage wurden kürzer, und die meisten Abende verbrachten wir in Wolldecken gehüllt vor dem Fenster. Wir sahen nach draußen in den bunten herbstlichen Garten und sangen Volkslieder oder auch die neuen oder alten Schlager. Es war unser Dämmerstündchen. Wir genossen diese Abende, da wir uns jetzt ja nicht mehr den ganzen Tag sahen, sondern nur am Abend. Meine Mutter hatte Gott sei Dank auch keine Nachtschicht, da wir noch zu klein waren.

Wir hatten nur einen kleinen Ofen im Zimmer, aber der musste auch gefüttert werden. Auch Krogmanns hatten nichts mehr zu heizen. Die Holzteile aus den Trümmerhäusern waren bereits im Keller oder schon verheizt. So zogen wir drei, Otti, Rüdiger und ich los. Elke kam oft mit. Sie musste dann aufpassen, ob irgendwo die Polizei kam. Kohlen mussten her. Aber woher nehmen und nicht stehlen? Kohlenklauen war aber in dieser Zeit kein Diebstahl, sondern so etwas wie Mundraub und der sollte angeblich nicht strafbar sein. Jeder nahm einen Sack und wickelte ihn in Zeitungspapier oder Packpapier ein, damit man die Säcke nicht sehen konnte. Wir lösten eine S-Bahnkarte und fuhren die Strecke nach Ohlsdorf. Hinter dem Alte-Wöhr-Bahnhof lagen die Eisenbahnschienen der Güterzüge. Am Bahnhang sahen wir ein paar Männer und Jungs sitzen. Ich flüsterte den meinen Freunden zu:
„Die warten bestimmt auf einen Güterzug mit Kohlen."
Wir verließen die S-Bahn am Rübenkamp-Bahnhof und liefen ein Stück zurück, an den Schrebergärten vorbei. Hinter einem Gebüsch versteckten wir uns und hofften, dass ein Zug mit Kohlen vorbeikam. Dann kam er. Ganz langsam schlich der lange Zug auf uns zu. Wir sahen, wie hinten einige Leute auf den Zug einige Leute sprangen und wollten es nachmachen.
„Ich springe auf den Zug und werfe die Kohlen herunter!", rief ich. Drei Schritte neben dem Zug gelaufen, einen Griff angefasst, auf einen trittbrettähnlichen Steg gesprungen und oben war ich. In Windeseile schmiss ich den Koks hinunter, es waren zum Teil große Brocken, die ins Gaswerk gebracht werden sollten, und Otti und Rüdiger liefen neben dem Zug her und sammelten den Koks auf. Immer schneller griff ich zu, dann aber musste ich abspringen, weil wir uns dem Bahnhof näherten. Ich wollte auch nicht erwischt werden. Die Koks, die dann vor meinen Füßen lagen, hob ich auf und warf sie in die drei Säcke.

Die Fahrt mit der S-Bahn zurück war wie ein Spießrutenlauf. Wir sahen dreckig aus und unsere Säcke redeten eine deutliche Sprache. An jeder Haltestelle schauten wir zur Tür, ob nicht ein Kontrolleur, Polizist oder, noch schlimmer, ein Militärpolizist kam. Wir hätten nicht sagen können, wo wir die Kohlen her hätten.

Zu Hause angekommen, wurde der Raub auf den Boden eines Trümmerhauses geschüttet und redlich geteilt. Wie oft wir das gemacht haben, kann man nicht zählen. Wir mussten auch immer neue Strecken auskundschaften. Aber unter Kohleklauern gab man sich immer gute Tipps. Mitunter waren zwanzig Leute beisammen. Das sollte sich oft als positiv herausstellen. Denn wenn die Polizei kam, konnten sie nicht alle auf einmal erwischen. Wir waren immer die schnellsten, die abhauten, wenn sie auftauchten, auch wenn wir das eine oder andere Mal die Hälfte unseres Fanges verloren. Aber besser, als im Kittchen zu landen.

Meine Mutter musste als Schaffnerin bei den Fahrgästen sehr beliebt sein, denn sie bekam oft etwas Trinkgeld. Es waren zwar meistens nur Pfennige, aber mit diesem Kleingeld konnte sie bei Feinkost Melfsen am Landwehr- Bahnhof oft ein Pfund Kochkäse bekommen. Die Melfsens wohnten genau gegenüber von uns in der Jordanstrasse und in ihre Tochter Anke war ich ein ganz kleines bisschen verliebt.

Tante Elsa hatte mit ihrer Tochter ein Zimmer in der langen Reihe, direkt am Hauptbahnhof, bekommen, und so konnten wir uns alle wieder besuchen. Auch Tante Manda, die mit ihrer Tochter Karla am Lattenkamp wohnte, kam zu uns auf Besuch, und wir waren oft ihre Kaffeegäste.

So langsam wurde alles wieder normal. Tante Anni hatte wieder einen Frisiersalon, Tante Rosa einen schönen Schrebergarten und Tante Paula konnte sehr leckeren Kuchen backen. Wir durften sie auch oft allein besuchen. Nur meinen Vater wollten sie nicht mehr sehen, weil er meiner Mutter so wehgetan hatte.

Winter 1946. Eineinhalb Jahre war der Krieg vorbei. Viele Soldaten waren noch in Kriegsgefangenschaft und die meisten Frauen wussten nicht einmal, ob ihre Männer noch lebten. Die Mütter wussten nicht, wo Ihre Söhne waren und die Kinder hatten ihren Vater zum Teil noch nie gesehen. Es gab wieder Kerzen zu kaufen und so stellten alle Menschen, die jemanden vermissten, eine Kerze ins Fenster, damit ihre Lieben den Weg zurück fanden.

Weihnachten kam und wir waren glücklich, wieder in Hamburg zu sein. Durch meine Schwarzmarktgeschäfte hatten Mutti und Omi einiges, was wir zum Fest brauchten, besorgt. Wir wollten uns an diesen drei Tage einmal wieder so richtig satt essen.
Am Heiligabend bekamen wir nach drei Jahren einmal wieder einen bunten Teller mit Süßigkeiten. Wo meine Mutter die Sachen her hatte, hat sie uns nicht verraten. Na, sie durfte auch ihre Geheimnisse haben! Ein kleiner Tannenbaum stand am Fenster, die Talgkerzen brannten, wir vier sangen Weihnachtslieder und meine Schwester und ich sagten ein Weihnachtsgedicht auf. Zum Abendessen gab es das traditionelle Hamburger Heiligabendessen: Kartoffelsalat und Würstchen. Der Schwarzmarkt, er lebe hoch!
Noch heute, nach 60 Jahren, denke ich oft an diesen schönen Heiligabend zurück. Und jetzt, wo wir im Winter bei meiner Schwester in Los Angeles leben, wird an Kartoffelsalat und Knackwürsten zu Heiligabend noch immer festgehalten.

1947

Dieses Jahr sollte ein Schicksalsjahr für uns werden. Es begann damit, dass meine Lehrerin eines Januartages sagte:
„Horst, ich habe sechs Jungen aus meiner Klasse zur Prüfung zum Gymnasium angemeldet. Auch du bist unter diesen sechs.
Aber deine Leistungen hängen noch etwas zurück, da du in den letzten Jahren zu wenig Schulunterricht hattest. Die geforderten Leistungen musst du bis März aufholen. Ich habe hier einen Plan, nach dem wirst du in den nächsten Wochen ganz genau zu Hause arbeiten. Wenn du Fragen hast, kannst du auch manchmal länger bleiben. Wir üben dann hier allein in der Klasse."
Nun, das mit der Privatstunde gefiel mir. Eine Stunde mit meiner Lehrerin allein in einem Zimmer! Es war zu schön um wahr zu sein. Aber die Arbeiten mit meiner Oma waren zum Teil die Hölle. Sie mochte vor allen Dingen nicht, wenn ich mit meinem Zeigefinger zu verkrampft schrieb. Sie hieb mit dem Lineal auf meinen Finger und sagte:
„Den Finger schön lang lassen, sonst verkrampfst du ihn. Und du kannst nicht lange schreiben."
Wochenlang musste Rechnen, Deutsch Erdkunde und Naturkunde gebüffelt werden. Aber da es sehr kalt war, vermisste ich das Spielen draußen nicht so sehr.

Die Versorgung in diesem Winter wurde auch wieder schlimmer. Durch den eisigen Winter 46/47 verkehrten die Züge nicht richtig, und wir mussten zum Teil wirklich wieder den Gürtel enger schnallen. Richtiges Brot hatten wir schon lange nicht mehr. Am Ende der Straße gab es eine kleine Bäckerei, in der wir nur pampiges Maisbrot bekamen. Nach einigen Wochen konnte ich schon den Geruch nicht mehr ertragen. Und wenn ich heute in ein Mexikanisches Restaurant gehe und mir der Geruch aus der Küche entgegenkommt, werde ich immer an das blöde Maisbrot erinnert.

Es wurde Frühling und die Prüfung im Gymnasium begann. Aber was war das? Nichts, aber auch gar nichts wurde gefragt von dem, was wir in den letzten Wochen gepaukt hatten. Zwei Stunden lang bekamen wir Unterricht in Latein, Rechnen, was jetzt Mathematik hieß, Naturkunde, was jetzt Biologie hieß, und Englisch. Den erlernten Stoff bekamen wir schriftlich mit und mussten ihn zu Hause überarbeiten. Am nächsten Tag wurden wir über die Themen geprüft, und so verging diese Woche nur mit Arbeiten ohne eine Minute spielen.

Dann, am letzten Prüfungstag, wurden alle noch einmal einzeln abgefragt und bekamen einen verschlossenen Umschlag mit nach Hause. „An den Familienvorstand“ stand auf dem Umschlag. Das konnte nichts Gutes heißen. Wir sechs saßen in der Straßenbahn und hielten die Briefe in den Händen. Außer mir gab es keinen Mann in der Familie, also musste der Vorstand ich sein. Ich riss den Umschlag auf und holte das Formular heraus.

Schulbehörde der Hansestadt Hamburg.
Ihr Sohn, Horst Martin Miersen, hat die Aufnahmeprüfung für das weiterführende Gymnasium mit Auszeichnung bestanden. Er beginnt das neue Schuljahr in der Sexta des Gymnasiums.

Mann, war dass eine Freude! Die anderen Jungs wollten ihren Umschlag nicht öffnen, aber sie ahnten nun, dass darin nichts Schlimmes stehen konnte.

Das neue Schuljahr begann. Die Lehrer, alles Männer, waren toll. Der Sportlehrer war früher Boxer und so war Boxtraining sein liebstes Fach. Aber was alles dazu gehörte, war phantastisch. Seilspringen, Laufen, Schattenboxen, Sandsackboxen und richtige Wettkämpfe. Da er auch gleichzeitig unser Englischlehrer war, wurden alle Begriffe nur in Englisch gelehrt. Es war eine Freude in diese Schule zu gehen.

Ende April war es so warm, dass ich unbedingt meine langen Strümpfe ausziehen wollte. Die Dinger mussten wir mit Leibchen und Strumpfhalter tragen. Es gab nichts anderes, und wir Jungs fühlten uns immer als Mädchen. Besonders dann, wenn wir sahen, dass unsere Mütter auch mit solchen Strumpfhaltern rumliefen. Aber Elke und ich durften die langen Strümpfe erst zu meinem Geburtstag, am 2. Mai, ablegen.

Fußball wurde wieder gespielt und im Fußballtoto konnte man wetten. Elf Spiele musste man mit 1, 0 oder 2 ankreuzen. Wenn man alle elf Spiele richtig angekreuzt hatte, konnte man ganz schön Geld gewinnen.

Tante Elsa war auf Besuch und nachdem sie sich verabschiedet hatte, hörten wir auf der Straße einen furchtbaren Schrei. Wir liefen ihr hinterher und sahen, wie sie einem Mann in den Armen lag. Onkel Rudi, ihr Mann, war aus dem Krieg zurückgekommen. Unsere Cousine Elsa war mit ihm zu uns gefahren. Die Freude war ohne Grenzen. Sechs Jahre hatte sie ihn nicht gesehen. Und nun stand er vor ihr. Total verlumpt, mit Bart und ganz dünn. Leider hatte sie über der Freude vergessen, ihren Lottoschein abzugeben. Am Sonntag wurden die Ergebnisse im Radio bekannt gegeben. Sie hatte alle Spiele richtig getippt. Über 6000 Reichsmark hätten sie gewonnen. Sie hätten das Geld so gut gebrauchen können.

Es wurde Sommer und die Sommerferien kamen. Es wurde warm und wärmer. Die Freibäder waren noch nicht wieder geöffnet, und so fuhren wir des Öfteren mit der U-Bahn zur Landungsbrücke und machten dort sehr lange Wanderungen entlang der Elbe. Am Fischmarkt entlang nach Övelgönne und weiter bis nach Teufelsbrück. Unterwegs badeten wir in der Elbe. Damals war der Fluss noch sauber. Mit der S-Bahn ging es dann zurück.

Doch diese Wanderungen mit Mutti, Omi und Elke waren für einen Jungen ziemlich langweilig. Rüdiger und ich wollten mal was Richtiges erleben.

„Darf ich mit Rüdiger mal einen Tag ganz alleine etwas unternehmen? Ich bin ja jetzt schon elf und ziemlich erwachsen. Wir wollen mit der U-Bahn nach Groß-Hansdorf und im Wald rumtoben."
Es wurde erlaubt. Natürlich sagten wir nicht, was wir wirklich vorhatten. Die Elbedampfer fuhren wieder, und wir beide wollten mit dem Dampfer nach Cranz an die Unterelbe fahren.
Wir zur Landungsbrücke und eine Rückfahrkarte gelöst. Wir kamen uns wie zwei Abenteurer vor. Über eine Stunde auf dem Wasser an Teufelsbrück, Finkenwerder und Blankenese vorbei. Einige große Schiffe kamen auch schon wieder die Elbe herunter. Es war ein einmaliges Erlebnis. In Cranz liefen wir den Deich entlang, bis wir eine schöne Stelle am Wasser entdeckten. Hohe Büsche standen am Ufer und dazwischen schöner weißer Sand. Runter mit den Klamotten und als Nackedei in das Wasser. Bei dieser Hitze war das eine tolle Erfrischung. Dann die sagenhafte Idee: Wir bleiben einfach über Nacht. Wir brachen von den Büschen Zweige ab und bauten uns daraus ein Zelt.
Der Sand war warm, die Luft war heiß und wir aßen das letzte Stück Maisbrot, das wir mitgenommen hatten. Ein letztes Mal ins Wasser, dann sahen wir, wie auf der anderen Seite der Elbe die Lichter angingen. Ein Schiff fuhr im Dunkeln mit hellen Lichtern an uns vorbei. Wir fühlten uns wie Robinson Crusoe.

Was wir nicht bedacht hatten: Unser Zelt aus Zweigen hielt keine Mücken ab. Und je dunkler es wurde, desto mehr kamen angeschwirrt. Wir konnten uns nicht retten. Die Zweige unseres Zeltes wurden herausgerissen und wir wedelten wie wildgewordene Indianer um uns herum. Aber sie überfielen immer wieder unsere Haut. Decken hatten wir keine mit, denn es war auch jetzt noch sehr heiß. Rüdiger kam dann auf die glorreiche Idee sich in den Sand einzugraben. Wir legten uns nebeneinander und versuchten den warmen Sand über uns zu schaufeln. Nur keinen feuchten Sand nehmen, sonst würden wir frieren. Es klappte gut und wir lagen bis zum Hals im Sand. Nur, jetzt konnten wir die Mücken nicht mehr aus unserem

Gesicht verjagen. Also wieder die Arme raus und wie wild um uns gefuchtelt. Dann kribbelte es an unserem Körper und wir konnten es vor Juckreiz nicht aushalten. Wir also wieder raus aus dem Sand, der nun in allen Poren und in unseren Poritzen saß. Dann sahen wir, was uns so quälte. Im hellen Mondlicht krabbelten Hunderte von Käfern im Sand.
Aus unserer Abenteuerlust war inzwischen mittleres Entsetzen geworden. Eine Uhr hatten wir nicht, aber es muss schon nach Mitternacht gewesen sein, als wir ein Polizeiauto vorbei fahren sahen. „Schnell bücken!“, rief ich, „die Polente ist da. Vielleicht suchen die uns!“

Inzwischen war in der Jordanstrasse die Hölle los. Als ich um 22 Uhr noch nicht zu Haus war und es auch langsam dunkel wurde, bekamen Mutti und Omi große Angst. Sie liefen zu Rüdigers Eltern. Die waren nur leicht beängstigt, denn ihr Sohn hätte sich schon so manches Ding geleistet.
Aber es wurde Mitternacht und wir waren immer noch nicht zu Hause. Da lief meine Mutter zur Polizei und bat, sie möchten uns doch suchen. In der Nachkriegszeit war es nicht üblich, dass zwei Kinder so einfach verschwanden, und so gaben sie unsere Beschreibung und unsere Namen an alle Wachen durch. Die verständigten alle S-Bahnen, U-Bahnen, die Elbeschiffe und die Feuerwehr, nachdem in allen Krankenhäusern nachgefragt worden war.
Die ganze Nacht liefen sie voller Angst im Zimmer auf und ab, rasten immer wieder auf die Strasse und zur Polizeiwache.

Wir aber machten immer noch unsere Indianertänze, um die Mücken abzuwehren. Das einzige, was half, war das Wasser. Rein in die Elbe und nur den Kopf rausschauen lassen. Aber immer, wenn wir anfingen zu frieren und das Wasser verließen, versammelten sich alle Mücken und stießen in großen Scharen auf uns herab. Dann zogen wir unsere Sachen wieder an. Wir gaben auf. Die Mücken hatten gesiegt. Wir liefen im Dauerlauf in Richtung Dampferanlegestelle und sahen nach, ob irgendwo in einem Haus Licht brannte. Nein, es war alles dunkel. Wir waren ganz allein.

Es begann zu dämmern, die Sonne ging langsam über der Elbe auf. Wir sahen einen Elbedampfer auf uns zu fahren. Einige Männer kamen auf Fahrrädern zur Anlegestelle. Sie wollten zur Arbeit zu den Werften und in den Hafen. Der Dampfer legte an, ein Mann sprang vom Schiff und machte es fest. Von der Brücke auf dem Schiff rief der Kapitän:
„He ihr da! Seid ihr die beiden Hamburger Jungen Horst und Rüdiger? Na, ihr könnt was erleben! Ganz Hamburg sucht euch, und eure Mütter konnten die ganze Nacht nicht schlafen. Ihr könnt nur froh sein, dass ihr nicht meine Söhne seid, ich würde euch grün und blau schlagen."

Auf dem Schiff bekamen wir einen heißen Tee und durften uns auf der Toilette waschen. Aber als ich in den Spiegel sah, erkannte ich mich nicht mehr wieder. Über und über war ich mit Mückenstichen übersät. Das Haar hing mir herunter, und ich konnte meine Haare nur mühsam mit meinen Fingern kämmen.

An den Landungsbrücken stand schon ein Peterwagen mit zwei Polizisten, die uns am Kragen in das Auto schoben.
„Hattet ihr eigentlich keine Angst da draußen in der Nacht?"
„Zum Angst haben hatten wir keine Zeit, wir mussten die ganze Nacht die Mücken verjagen, und in unserem Alter hat man auch keine Angst zu haben."

Vor dem Haus in der Jordanstraße hatte sich eine große Menschenmenge eingestellt. Die Polizei hatte meiner Mutter schon von unserer Rettung erzählt, und nun stand sie in der Menge mit Omi und wartete. Als wir aus dem Polizeiauto ausstiegen, klatschten die Leute. Ich dachte, die klatschten mir zu. Nein, sie taten es um meiner Mutter zu zeigen, dass sie mit ihr fühlten. Mutti nahm mich in ihre Arme drück-

te mich und schluchzte:
„Mach das nie nie wieder.“
Mann, war ich froh, dass das Donnerwetter nur ein leises Lüftchen war!

Anfang August wurde Elke für vier Wochen zur Kur nach Heiligenhafen an die Ostsee geschickt, sie war total unterernährt und sollte dort wieder hochgepäppelt werden. So hatte ich vier Wochen mein Bett ganz für mich allein.

12. August 1947. Mutti, Oma und ich saßen am offenen Fenster und sangen unsere Abendlieder. Wir hatten das Lied von der kleinen Schaffnerin auswendig gelernt und sangen es bestimmt zum xten Mal. Im Radio kam das Lied von Rudi Schuricke: „Wenn bei Capri die rote Sonne im Meer versinkt.“ Es war ein Abend, den ich mein ganzes Leben nicht vergessen habe.

13.August 1947. Wir hatten in der letzten Nacht lange zusammengesessen. Es war spät geworden, deshalb hatte meine Mutter verschlafen. Als sie in großer Eile aus dem Haus lief, hatte sie ihr Pausenbrot vergessen und ich lief ihr nach und brachte es ihr. Ein letzter Kuss, dann verschwand sie um die Ecke.
Es war heiß, sehr heiß. Über 30 Grad im Schatten. Otti und ich ließen in eine Badewanne, die im Garten stand, Wasser laufen und legten uns mit unseren Badehosen hinein. Hier war es auszuhalten. Wir hatten zwei alte Regenschirme aufgespannt und benutzen sie als Sonnenschirme.

Da auf einmal ein Schrei, der aus unserem Zimmer kam. Was war geschehen? Was war mit meiner Oma? Ich raste pudelnass ins Haus und in unser Zimmer. Meine Großmutter lag auf der Erde, ein Polizist beugte sich über sie und klatschte meiner Oma mit seiner Hand auf ihre Wange. Ich sprang ihm auf den Rücken und trommelte mit

beiden Fäusten auf ihn ein.
„Lassen Sie meine Großmutter in Ruhe.“
Eine Polizistin riss mich von ihm los und nahm mich in ihre Arme.
„Ruhig, Junge, ruhig, Junge! Deine Oma ist ohnmächtig geworden, und mein Kollege versucht sie wieder zu sich zu bringen. Wir haben ihr was ganz Schlimmes mitgeteilt, nun hole schnell ein Glas Wasser, sie kommt gerade wieder zu sich.“
Ich ging mit dem Glas Wasser zu ihr, nahm ihren Kopf und gab ihr etwas zu trinken. Sie schaute mich mit großen Augen an und schluchzte:
„Mutti hat einen Unfall gehabt, sie ist unter die Straßenbahn gefallen, sie hat sich schwer verletzt. Ich muss schnell aufstehen und zu ihr ins Krankenhaus fahren.“

Der Polizist hob sie auf, setzte sie auf einen Stuhl und sagte:
„Frau Höfig, Sie können jetzt nicht zu ihr, sie wird gerade operiert. Haben sie jemanden, den wir informieren können? Denn Sie sind auch nicht in der Lage zu fahren. Sie sind zu aufgeregt und zu schwach.“
„Meine Schwester, Frau Elsa Brumm, Lange Reihe 15, im fünften Stock.“

„Meine Kollegin bleibt jetzt bei Ihnen, ich gehe zum Wagen und informiere die Wache in dem Bezirk. Hoffentlich wird es nicht zu schlimm für Ihre Tochter. Wir haben gehört, dass sie im Krankenhaus alles versuchen.“
Frau Krogmann kam von oben gelaufen und brachte meiner Oma einen Tee.
Sie sagte der Polizistin, dass sie sich jetzt um meine Großmutter kümmern wolle.

Meine Oma und ich saßen Hand in Hand im heißen Zimmer. Wir weinten bitterlich und ich sagte: „Hätte sie doch nur noch länger verschlafen, dann hätte sie ihre Bahn nicht mehr bekommen und läge

nicht im Krankenhaus."
Dann, nach zwei Stunden, kam Tante Elsa mit ganz verweinten Augen. Sie nahm uns beide in ihre Arme:

„Vor einer Stunde ist Gertrud im Krankenhaus gestorben. Ich war noch bei ihr und ihre letzten Worte waren:
„Oh meine Kinder."
Für mich brach eine Welt zusammen. Meine Mutter würde nie mehr mit uns zusammen singen, wir würden nie mehr ein Dämmerstündchen haben. Stundenlang saßen wir drei stumm da.

Nach einer langen Zeit des Weinens wollte meine Oma mit mir zu meiner Mutter ins Krankenhaus fahren, um Abschied zu nehmen und um sie noch einmal zu sehen. Aber Tante Elsa meinte, dass das nicht gut wäre. Sie solle ihre Gertrud und ich meine Mutter so in Erinnerung behalten, wie sie uns am Morgen verlassen hatte.

Die nächste Woche ist in meiner Erinnerung wie ausgelöscht. Erst in der Friedhofskapelle kam ich wieder zu mir. Über 1000 Leute waren in und vor der Kapelle, um meiner Mutter die letzte Ehre zu erweisen. Der Vorstand der Hamburger Hochbahn-Aktiengesellschaft, Hunderte von ihren Kolleginnen und Kollegen, die halbe Jordanstraße und unsere Verwandten und Freunde kamen, um Abschied zu nehmen. Ich konnte auch in der Kapelle und am Grab nicht weinen. Alles war wie in einem schrecklichen Traum. Irgendwie wusste ich nur, dass mich jetzt ein anderes Leben erwartete.

Es war nur gut, dass Elke nicht da war. Sie war ja so zart und dünn geworden, dass sie diesen schmerzlichen Gang zum Friedhof bestimmt nicht ertragen hätte.

Am Tag nach der Beerdigung kam ein Mann von der Hochbahn und übergab meiner Oma einen Umschlag mit über 6000 Reichsmark.

Der Vorstand und die Kollegen hätten den Betrag für die beiden Kinder gesammelt. Auch die Bewohner der Jordanstraße hatten gesammelt, und meine Großmutter konnte fast 5000 Mark auf jedes Sparbuch von uns beiden einzahlen. Das sollte für unsere Ausbildung sein.

Elke kam von der Kur zurück. Sie sah toll braun aus und hatte auch schön zugenommen. Nun kam für uns die schwierige Aufgabe ihr zu erklären, was passiert war. Die ganze Trauer begann von vorn.
„Wir drei werden für immer zusammenhalten. Wir werden Mutti nie vergessen. Wir müssen jetzt alles tun, damit sie im Himmel mit uns zufrieden sein kann,“, waren die Worte meiner Großmutter. Aber es sollte leider ganz anders kommen.

Aber was war wirklich passiert?
Meine Mutter hatte ihren Anhänger der Straßenbahn gerade noch rechtzeitig erreicht, um ihre Kollegin abzulösen. In der Süderstraße stand unter der elektrischen Oberleitung ein Reparaturwagen. Die Stange mit der Laufrolle musste vom Triebwagen heruntergezogen werden und nach dem Passieren wieder nach oben in die Stromleitung eingelassen werden. Die Kollegin vom ersten Wagen konnte das nicht vom hinteren Fenster aus tun, und so sprang meine Mutter auf die Stoßstangen, stand mit beiden Beinen zwischen den beiden Wagen auf den Stoßstangen und zog die Stange herunter. Als sie sie wieder einhängen wollte, gab es einen großen Ruck. Sie fiel vor ihren Wagen und die Räder fuhren über sie. Ein Bein wurde getrennt, und das andere kompliziert gebrochen. Der Fahrer hatte vergessen, mit der Kurbel die elektrische Versorgung zu trennen, so dass es bei Wiederbeginn der Stromversorgung zu diesem Ruck kam.

Später hörten wir, dass kein Auto sie mitnehmen wollte, da sie so sehr blutete. So lag sie zu lange auf den Schienen und verlor dabei sehr viel Blut. In dieser schlechten Zeit waren auch nicht viele Krankenwagen im Einsatz, es dauerte zu lange bis die erste Hilfe kam und so konnten die Ärzte im Krankenhaus den großen Blutverlust nicht ausgleichen.

Trotz allem Kummer, das Leben ging weiter. Meine Oma ging am Morgen arbeiten. Wir gingen zur Schule, machten unsere Hausarbeiten direkt nach der Schule. Ich musste meistens für Lebensmittel anstehen und Elke kümmerte sich um den Abwasch.

Dann stand eines Nachmittags unser Vater vor der Tür.
„Ich wollte euch ein herzliches Beileid sagen. Ich habe in der Zeitung gelesen, dass Gertrud gestorben ist. Es tut mir sehr leid, da ich ja einige glückliche Jahre mit Gertrud verlebt habe."
Ich schrie vom Zimmer aus:
„Oma, knall die Tür zu, ich will meinen Vater nicht sehen!"
Er aber kam herein, und er sagte mit sehr ernster Stimme zu mir:
„Du wirst dich wieder an mich gewöhnen müssen. Ich habe mit dem Jugendamt gesprochen und die haben mir gesagt, dass ich jetzt euer Vormund bin. In den nächsten Tagen werde ich euch abholen, ihr werdet zu uns ziehen."
Meine Oma wurde blass im Gesicht und konnte keine Luft holen. Sie sank auf einen Stuhl und fing wieder an zu weinen.
„Du bekommst die Kinder nicht. Sie sind das einzige, was mir noch geblieben ist. Ich werde die Kinder nur über meine Leiche hergeben."
„Das werden wir ja sehen", war seine Antwort.
Damit verschwand er aus unserem Zimmer. Meine Schwester saß ganz verschüchtert in einer Ecke auf dem Bett und fing an zu weinen.
„Ich will nicht zu meinem Vater zurück. Der verprügelt Horst immer mit der Peitsche."
Meine Großmutter sah sie an und nahm sie in den Arm.
„Nun, wein man nicht Elke, gleich morgen werde ich zum Jugendamt gehen. Wir werden es schon schaffen, dass ihr bei mir bleiben könnt."

Die Tage vergingen. Oma ging fast täglich zum Jugendamt. Dutzende von Formularen musste sie ausfüllen, aber es half nichts. An einem Freitag stand unser Vater mit einer Frau vom Jugendamt wieder vor der Tür. Die Dame sagte sehr freundlich zu meiner Großmutter:
„Alle Eingaben haben nichts genützt. Mein Vorgesetzter ist der Meinung, dass sie für die Verantwortung zu alt sind. Der Jugendrichter hat die beiden Kinder dem Vater zugesprochen."
Ich stellte mich vor meine Großmutter und schrie aus vollen Kräften:
„Ich gehe nicht zu dem da. Der hat mich immer mit einer siebenschwänzigen Peitsche geschlagen. Das erste Mal war ich erst vier Jahre alt. Er hat auch meine Mutter verprügelt. Wenn der uns nicht verlassen hätte, würde meine Mutter heute noch leben. Die hätte nicht zu arbeiten brauchen und wäre nicht von der Straßenbahn gefallen."
Die Frau sah meinen Vater an und meinte, dass das bisher nicht zur Sprache gekommen sei. Er stand wie versteinert da und sah mich mit wütendem Gesicht an.
Sie lächelte uns freundlich zu und sagte:
„Ich werde noch einmal mit dem Richter sprechen. Vielleicht gibt es ja noch eine Möglichkeit."

Sie verließen uns und ins uns kam Hoffnung auf. Wir wollten nicht von unserer Großmutter getrennt werden, egal was passiert.

Doch drei Tage später standen zwei Polizisten mit meinem Vater vor der Tür. Meine Großmutter musste unter Tränen unsere Sachen zusammenpacken. Der Abschied war kurz, aber schmerzvoll. Wir wollten unsere Großmutter nicht loslassen, aber es half nichts.

Ein kleines Hinterhaus in der Himmelstrasse 27 war jetzt unser neues verhasstes Zuhause. Es gehörte einem alten Mann, der nur noch ein Zimmer bewohnte. Es ging vier Stufen hinauf, dann waren links die Küche und rechts das Wohnzimmer, in dem wir beide die ersten zwei

Nächte schliefen. Gegenüber mit einem schrägen Dach unter der Treppe war die Toilette. Die Treppe hinauf rechts ein Schlafzimmer für die Kinder und links eine Abstellkammer und ein ganz kleines Schlafzimmer für meinen Vater und seine neue Frau.

Das sollte jetzt meine Stiefmutter werden. Sie stand an der Haustür mit einem winzigen Baby in den Armen. Es war der Jüngste, Erhard, der am 14. August geboren war. Dahinter standen Peter und der Älteste, Michael. Den hatte meine Stiefmutter mit in die Ehe gebracht. Ihr Verlobter war mit 21 Jahren im Krieg geblieben. Sie war da gerade 19 Jahre alt. Nun kamen wir, zehn und elf Jahre alt. Die Begrüßung war nicht gerade herzlich. Mir fiel der Spruch ein:
„Meine Kinder und deine Kinder schlagen unsere Kinder."

Als meine Stiefmutter werde ich die bestimmt nicht anerkennen. Und zu einer Frau, die gerade einmal 13 Jahre älter ist als ich, werde ich auch niemals Mutti sagen. Aber ich sollte höflich sein, hatte meine Oma gesagt. Und so sagte ich mit ernstem Gesicht:
„ Guten Tag Tante Gerda."
War ihr Gesicht bis jetzt neutral, wurde es jetzt natürlich noch reservierter, um nicht zu sagen wütend. Elke machte einen Knicks und sagte gar nichts. Wir trugen unsere Sachen in das rechte Zimmer und mein Vater sagte:
„Bis die Betten oben bei Michael und Peter im Zimmer fertig sind, werdet ihr hier im Wohnzimmer auf der Ausziehcouch schlafen. Und jetzt noch eins. Tante Gerda gibt es nicht. Sie ist jetzt eure Mutter und wenn ihr schon nicht Mutti sagen wollt, dann sagt ihr jetzt, und das ohne Widerspruch, Mama zu ihr."
Was blieb uns anderes übrig, ich wollte nicht gleich wieder Prügel beziehen. Aber eines kann ich schon jetzt mit Stolz sagen, im Lauf der Jahre sagten auch ihre Kinder nur noch Mama zu ihr. Das war mein späterer Sieg.

Aber es sollte noch dicker kommen.

„Um sechs Uhr abends wird zu Abend gegessen und um sieben Uhr ist Bettzeit. Egal ob Sommer oder Winter. Mutti und ich wollen abends auch Zeit für uns haben. Ich bin zur Zeit auch oft auf Fernfahrt und manchmal eine Woche nicht zu Hause. Egal wer es von Euch Vieren ist, wer nicht pariert, bekommt es anschließend mit mir zu tun."

Pünktlich um sechs Uhr gab es Abendessen. Zwei Scheiben Brot mit Margarine und etwas Leberwurst, ein Glas Wasser und dann ab in die Küche zum Waschen und zum Zähneputzen. Immer schön der Reihe nach: Peter, Michael, Elke und ich. Es gab nur ein Waschbecken, in dem Geschirr gespült wurde und in dem sich die ganze Familie und der alte Vermieter waschen mussten. Nur eine Toilette, in der man gebückt sitzen musste, für acht Personen.

Dann wurde es Nacht. Mein Vater und seine Frau gingen in das Vorderhaus, wo seine Schwester wohnte, da das Wohnzimmer durch uns blockiert war. Gegen Morgen träumte ich von meiner Mutter, und ich wachte auf und rief nach ihr. Es war das erste Mal, dass Elke und ich allein in einem Zimmer waren. Da stand mit einem Mal die neue Frau vor mir, schüttelte mich und rief:
„Mach kein Theater, ich weiß dass du raffiniert bist. Du hast wohl mitbekommen, dass dein Vater eben auf Fernfahrt gegangen ist. Das machst du nicht mit mir."
Jetzt hatte sie es ganz und gar mit mir verdorben und ich schwor ihr bittere Rache.
Am nächsten Tag sollte ich den Boden im Zimmer wischen. So was hatte ich noch nie gemacht. Ich wusste, dass diese Frau hinter mir stand, rief aber:
„Elke, hier hast du den nassen Lappen."
Dann warf ich ihn hinter mich und traf wie zufällig den Kopf meiner Stiefmutter. Ich dachte mir:
„Rache ist süß."

Ich musste die Schule wechseln. Ein anderes Gymnasium und andere Lehrer. Außerdem lag die Schule am anderen Ende des Stadtparks, und ich musste morgens im Dunklen über ein halbe Stunde laufen, um zur Schule zu kommen.
Elke hatte es besser, ihre Schule lag am Ende der Himmelstraße in der Alsterdorferstraße.

Es kam, wie es kommen musste. Ich wurde schlechter in der Schule. Ich hatte keine Lust, in diese blöde Schule zu gehen. Ich war faul wie Bohnenstroh. Ich konnte und wollte mit den kleinen Kindern nicht in einem Zimmer schon um sieben ins Bett. Ich vermisste die schönen Dämmerstunden mit Lieder singen, ich vermisste meine Mutter und Oma.
Das einzige, was uns noch am Leben hielt, waren alle 14 Tage die Wochenenden bei unserer Großmutter. Sie musste schon bald ihr schönes Zimmer in der Jordanstrasse verlassen und bekam ein Hinterzimmer in der Nähe des Hauptbahnhofs, direkt an den Schienen der S-Bahn. Aber das Ehepaar mit zwei kleinen Kindern war ein Arztehepaar, das unwahrscheinlich nett und freundlich war. Bei denen war unsere Oma gut aufgehoben, sie hatte es auch nicht so weit zur Arbeit, die sie jetzt den ganzen Tag ausübte.

Ich musste die Schule verlassen und musste in die Volksschule in die Alsterdorferstrasse. Und ich kam vom Regen in die Traufe. Mein Lehrer, Herr Bock, war die reinste Qual. Er hatte ein Holzbein und immer, wenn jemand frech war oder wie in meinem Fall diese Mama sich bei ihm beschwerte, wenn mein Vater mal wieder nicht zu Hause war, bekamen wir sein Holzbein in den Hintern getreten. Oftmals langte er auch aus und knallte mit der flachen Hand in unsere Gesichter. Doch in Biologie, Englisch, Mathematik und Sport hatte ich andere Lehrer, die sich besser auf mich einstellten und ich mich besser auf sie.

Weihnachten wollten wir natürlich bei und mit unserer Großmutter

verleben. Aber mein Vater verbot es uns:
„Von der Schule geflogen, frech zu Mama, immer ein Widerwort und dann noch die schlechte Rederei Deiner Oma über Mama und über mich. Das ist zu viel. Weihnachten verlebt ihr mit uns und nicht bei eurer Großmutter."

Ab Heiligabend trat ich in den Hungerstreik. Der bunte Teller wurde auf die Erde geknallt und das Weihnachtsgeschenk, ein blödes Holzschiff, was ich auch noch selber zusammenbauen musste, wurde nicht beachtet.

Am ersten Weihnachtstag holte er mich in die Küche, zog seinen Gürtel aus der Hose und schlug mir mit dem Ledergürtel einige Male auf meinen Hintern. Die Schnalle tat besonders weh. Ich schrie kein bisschen, was ihn sehr aufregte.
„Du wirst ab sofort wieder essen oder du bekommst jeden Tag neue Prügel."
Aber er kannte seinen Sohn noch nicht richtig. Ich aß nicht und verhungerte auch nicht. Denn Tante Paula, die von meinem Vater seit der Scheidung nichts mehr wissen wollte, verpflegte mich, so gut es ging. Sie wohnte in der Nebenstraße und so oft es ging, war ich bei ihr.

Zwischen Weihnachten und Neujahr fuhr ich zu meiner Großmutter und zeigte ihr die vielen blauen Flecken. Sie bat Dr. Zietz, bei dem sie wohnte, sich das einmal anzusehen. Er war sehr entsetzt und stellte mir ein Attest aus, mit dem meine Oma zum Jugendamt ging.

Zwei Tag später kam die Dame vom Jugendamt und zeigte meinem Vater das Attest.

„Herr Miersen, bitte nehmen Sie sich in Acht. Das darf nicht noch einmal vorkommen. Die Gürtelschnalle hat ihren Sohn verletzt, und er hat auch Druckstellen am Arm."

Das mit der Gürtelschnalle hatte er sich beim nächsten Mal gemerkt.

Den Silvesterabend durften wir zu unserer Großmutter, und ich beendete meinen Hungerstreik.

Es stand eins zu null für mich. Aber ich sollte noch viele Niederlagen einstecken.

1948

Wir waren oft billige Kinderaufpasser. Heute würde man sagen Babysitter. Mama saß meistens bei Tante Ilse und rauchte und quatschte mit ihr. Elke und ich durften so lange auf die Kleinen aufpassen.

Es war Ende Januar an einem Samstagmorgen, als es hieß: „Hole Deinen Vater um 11 Uhr vom Hautbahnhof ab. Er kommt aus Mecklenburg und hat schwer zu tragen.“
Am Hauptbahnhof angekommen musste ich sehr lange auf den Zug warten. Er hatte, wie alle Züge in dieser Zeit, Verspätung.
Als der Zug einlief, war meine Stimmung bereits auf dem Tiefpunkt. Dreißig Meter vor mir stieg eine ältere korpulente Frau sehr schwerfällig aus dem Zug. Sie hatte einen Koffer in der Hand. Ich lief zu ihr um zu helfen. Wir stellten den Koffer auf den Bahnsteig, als jemand schrie:
„Komm her, Horst, und hilf mir!“
Mein Vater stand in der gleichen Tür mit zwei großen Kartons in den Händen und einem Rucksack auf dem Rücken. Die Leute von hinten drängten, ich nahm ihm einen Karton ab und er stieg aus dem Zug. Der Hintermann kam ins Rutschen, mein Vater fiel über den Koffer der alten Dame und landete irgendwie auf dem Rücken. Der Rucksack hielt den Stoß ab, so dass er sich nicht verletzte. Er rappelte sich wieder auf und zeigte auf die ältere Dame:
„Das ist meine Schwiegermutter, Frau Lindemann. Sie wohnt ab jetzt bei uns, da die Russen das Gebiet besetzt haben.“
Noch eine Person mehr in dem Haus, wo soll die bloß schlafen, dachte ich.

Ich nahm die beiden Kartons und wir schlichen zur U-Bahn, denn die Kartons waren sehr schwer und ich musste sie öfters absetzen. Wir standen im Zug, nur Frau Lindemann hatte einen Platz bekommen. Plötzlich roch es in der U-Bahn so komisch nach Alkohol. Ein Mann, der auf der Bank hinter meinem Vater saß, nahm seine Hände und hielt sie unter den Rucksack. Ich sah, wie in seine Hände Tropfen fielen und er diese dann aus seiner Hand ableckte. Er schmunzelte

und sagte zu meinem Vater:
„Der Wodka schmeckt aber gut."
Mein Vater wurde käsebleich, nahm den Rucksack von der Schulter und sah die Bescherung. Der Boden war ganz nass und den Wodkageruch konnte man im ganzen Wagen riechen.

Er flüsterte mir zu:
„Ich habe in Mecklenburg von Mamas Onkel Räucheraale bekommen. Die habe ich bei den russischen Soldaten gegen Wodka und Zigaretten eingetauscht. Hoffentlich ist jetzt nicht alles, was im Rucksack ist, kaputt gegangen. Beim Aussteigen aus dem Zug muss eine Flasche zerbrochen sein."
Ich konnte mir ein Grinsen nicht verdrücken. Meinetwegen konnte alles kaputt sein. Tante Ilse und Mama rauchten sowieso zuviel. Er hätte lieber die Räucheraale mitbringen sollen.
Zu Hause sahen wir die Bescherung. Beide Flaschen waren zerbrochen und vier Stangen Zigaretten waren feucht geworden. Der Schnaps war in alle Zigaretten eingedrungen. Nun wurde es lustig. Achthundert Zigaretten wurden im ganzen Haus und bei Tante Ilse verteilt und zum Trocknen auf Handtücher und Zeitungspapier gelegt. Sie sollten ja zum Teil gegen andere Sachen eingetauscht werden. Ich konnte es mir nicht verkneifen zu sagen:
„Vielleicht sind sie jetzt noch mehr wert. Wodkazigaretten hat noch keiner zum Tauschen gehabt."

Oma Lindemann bekam, wie ich schon befürchtet hatte, das Wohnzimmer zugeteilt. Aber etwas Gutes hatte die Frau an sich. Sie war nicht faul. Sie stand als erste auf und versorgte alle Kinder mit Frühstück. Elke und mich zuerst, da wir in die Schule mussten. Die ganze Wohnung sah jetzt sauberer aus und sie schimpfte auch des öfteren über Mama. Das tat Elke und mir gut.

Von den getrockneten Zigaretten bekam mein Vater unter der Hand, es gab wirklich auch jetzt nach drei Jahren Frieden immer noch nicht viel zu kaufen, einige neue graue Wolldecken. Eine Schneiderin fertigte daraus vier Trainingsanzüge an, die wir im Winter jetzt sehr gut gebrauchen konnten. Aber welch ein Schreck! Die Dinger kratzten wie wahnsinnig. Man konnte gar nicht so schnell kratzen wie sie juckten. Der Winter war aber so kalt, dass wir es ertragen mussten.

Vor dem Gemüseladen sah ich, wie von einem LKW Apfelsinenkisten abgeladen wurden. Der Mann sagte zu mir:
„Lauf schnell nach Hause und hole Geld, dann gebe ich dir welche. Die Apfelsinen sind auf dem Schiff irgendwie mit Seewasser in Berührung gekommen, aber ich habe sie trotzdem ersteigert."

Ich war als Erster zurück und bekam eine ganze Menge von diesen Früchten, die ich so lange vermisst hatte. Sie schmeckten ein bisschen nach Salz. Heute würde sie keiner mehr kaufen, damals aber kamen sie uns köstlich vor. Vor allen Dingen sollten sie reich an Vitaminen sein. Ich wusste zwar nicht genau, was das ist, aber man lernt ja nie aus.

Samstags morgens stand ich oft lange an, um in der Bäckerei ein frisches Brot zu bekommen. Das schmeckte so wunderbar, dass ich die Ansteherei dort in Kauf nahm.
Doch eines Morgens schnitt Oma Lindemann das Brot an und als sie es zur Hälfte durchgeschnitten hatte, schrie Elke auf einmal auf:
„Guck mal, du zerschneidest ja eine Maus!"
Und tatsächlich lag in dem Brot eine tote Maus.
Ich mit dem Brot in der Tüte zurück, an der langen Schlange vorbei, direkt in die Bäckerei.

Die Bäckersfrau schrie:
„Immer schön hinten anstellen, und du warst ja eben schon da und hast dein Brot bekommen."
Ich hatte keine Möglichkeit ihr leise von der Maus zu berichten. Immer wieder rief sie und auch die anderen Leute in der Schlange, ich

solle mich hinten anstellen.
Da wurde es mir zu bunt und schrie so laut ich konnte:
„Sie haben mir ein Brot mit einer Maus verkauft. Hier ist das Brot, sie können die tote Maus sehen. Darf ich jetzt bleiben?“
Die Menschen neben mir wichen erschrocken ein Stück zurück. Nur ein Mann von hinten rief:
„Sei doch froh, dass du etwas Fleisch bekommen hast.“
Die Bäckersfrau nahm mich an die Hand, ging mit mir in die Backstube und zeigte ihrem Mann das Brot. Sie entschuldigte sich bei mir, dass sie mich so angeschrieen hatte. Der Bäcker gab mir zwei Brote und sagte:
„Ab sofort darfst du immer an der Hintertür klingeln du bekommst dann dein Brot und immer etwas Leckeres dazu.“
Stolz zog ich mit meinen Broten davon. Ich hatte wieder einen neuen Freund gewonnen.

Das Frühjahr kam und man konnte wieder draußen spielen. Murmelspielen war die große Masche für uns Kinder. Die bunten Murmeln aus Ton konnte man kaufen. Meine Murmeln bekam ich von Oma und von Tante Elsa. Nach kurzer Zeit und viel Üben war ich so gut, dass ich es mit jedem Jungen aufnehmen konnte. Man musste die Murmeln in oder an ein Loch werfen. Wer am dichtesten dran war, durfte beginnen, alle Kugeln in das Loch zu schießen. Nach einem Fehlversuch durfte es der Nächste versuchen.
Ich begann mit meinen 40 Murmeln. Eines Tage hatte ich allen Jungen die Murmeln abgewonnen. Mit einem großen Beutel mit über 120 Stück kam ich glückstrahlend ins Haus zurück.
„Guck mal Vati, was ich heute alles gewonnen habe!“
Er sah den Beutel, machte große Augen und rief:
„So viele Murmeln kannst du gar nicht gewonnen haben, die hast du sicher geklaut!“
Er nahm seinen Gürtel aus der Hose und verdrosch mich sinnlos. Nur auf die Gürtelschnalle passte er auf, damit sie mich nicht verletzte. Danach lief ich auf die Straße zu meinen Spielkameraden und er-

zählte ihnen, dass mein Vater es nicht glaubte, dass ich die Murmeln gewonnen hatte. Eine Mutter kam dazu, sah meine verweinten Augen und fragte ihren Sohn, ob ich die Kugeln gewonnen hätte. Dann nahm sie meine Hand, die anderen Jungen folgten ihr und wir gingen ins Haus zu meinem Vater. Die Mutter erklärte ihm, dass ich die Murmeln gewonnen hätte, und fragte, ob er kein Vertrauen in mich hätte. Sie schaute ihn wütend an, drehte sich um und verschwand wortlos. Er sagte nur zu mir:
„Dann hast du eine Tracht Prügel gut. Bein nächsten Mal bekommst du keine."
Es sollte keine Prügel mehr geben. Denn Tante Elsa kam die Woche darauf mit Onkel Rudi zu ihm und dieser sagte:
„Richard, ich habe von Horst gehört, dass du ihn wieder mit dem Gürtel geschlagen hast, obwohl er dieses Mal sogar unschuldig war. Sollte ich noch einmal hören, dass du ihn so verprügelst, wirst du mich so kennen lernen wie Du noch niemals einen Menschen kennengelernt hast. Ich werde dir außerdem mit der Polizei auf den Pelz rücken."
Mein Vater wurde kreidebleich und schlich ins Haus. Das Ganze hatte sich auf der Straße und ziemlich laut zugetragen.

Nun, ich war nicht der einzige, der Prügel bekam. Auch Elke, Peter und Michael wurden nicht verschont. An diesem Abend unterhielten wir uns noch im Schlafzimmer und kamen uns so ein bisschen näher. Wir hofften, dass es in Zukunft keine Prügel mehr gab. Mein Vater aber hatte die Lektion von Onkel Rudi gelernt. Es gab nur noch Stubenarrest.
Dass Tante Ilse krank war, wussten wir. Es wurde aber immer schlimmer. Die Beine waren dick angeschwollen, und sie konnte nicht mehr aus dem Bett kommen. Mama und Vati waren ausgegangen, und Oma Lindemann musste auf die Kleinen aufpassen. So musste Elke eine Nacht bei Tante Ilse schlafen. Sie sollte ihr die Medikamente bringen, falls sie nachts aufwacht. Sie wachte aber nicht mehr auf. Als Elke am Morgen aufstand und zu Tante Ilse schaute, war sie

ganz weiß im Gesicht. Sie erschrak furchtbar, denn sie hatte in Zell ja schon einmal einen Toten gesehen. Sie schrie laut auf und rannte, was das Zeug hielt, in unsere Wohnung:
„Vati, Mama, ich glaube Tante Ilse ist gestorben!"
Elke war nicht zu beruhigen, hatte sie doch die ganze Nacht neben einer Toten gelegen. Ich versuchte sie zu beruhigen, aber es war einfach nicht möglich. Sie hatte doch schon so genug Angst und jetzt auch das noch.
Ich schrie Mama und Vati an:
„Ihr habt euch amüsiert und Elke musste als Elfjährige die Nacht bei einer Toten schlafen!"
Oma Lindemann gab auch noch ihren Senf dazu, und so schlichen die beiden die nächsten Tage mit bedrückten Gesichtern herum. Von wegen Elke trösten, davon war keine Rede.

Die Läden wurden immer leerer. Vor einigen Schaufenstern hingen weiße Tücher oder es klebte von innen Zeitungspapier. Ich konnte mir keinen Reim daraus machen.
Aber dann war sie da, die WÄHRUNGSREFORM:

Das gesamte Geld, das jeder hatte, war ab sofort wertlos. Alle Familien bekamen pro Kopf nur 30 Deutsche Mark. Die drei Besatzungsmächte Amerika, England und Frankreich befürworteten diese neue Währung. Niemand wusste so recht, was er mit den 30 Mark anfangen sollte. Das sollte sich aber schnell ändern. Am Tag nach der Einführung der D-Mark fielen die Vorhänge von den Schaufenstern, die Zeitungen wurden heruntergerissen und die Läden waren voll mit allen Sachen, die wir bis jetzt vermisst hatten: Butter, Speck, Marmelade, Brot, Zigaretten, Schokolade, Töpfe, Pfannen, Radios und Fahrräder und noch vieles mehr lagen in den Schaufenstern der Geschäfte. Die Inhaber mussten genau gewusst, haben was passiert und hatten mit ihren Geldern auf den Schwarzmärkten eingekauft, was das Zeug hielt. Tagelang hatten sie die Sachen gehortet und konnten nun schönes Geld verdienen.

So hatte es in meinen Augen ausgesehen.

Als wir am nächsten Sonntag zu unserer Oma kamen, hatte sie unser Lieblingsessen gekocht. Makkaroni mit Tomatensoße und Gewürzgurke. Jedes Mal, wenn wir in den nächsten Jahren zu ihr kamen, hat sie uns diesen Essenswunsch erfüllt. Wir konnten davon nicht genug bekommen.

Ganz traurig zeigte sie uns die beiden Sparbücher mit dem vielen Geld. Sie waren nun wertlos, das ganze Geld von fast 10000 Reichsmark war dahin. Sie weinte sehr und sagte:
„Nun habe ich das dritte Mal alles Geld verloren. Das erste Mal in den Zwanziger Jahren durch eine Inflation, dann hat mir mein Mann das ganze Geld gestohlen, und nun passiert es mir in diesem Jahr wieder. Vor allen Dingen tut es mir um Euer Geld leid, sollte es doch für eure Ausbildung sein."

Aber von diesem Tag an ging es aufwärts in Deutschland. Mit dem wenigen Geld, das wir hatten, konnte man eine ganze Menge kaufen. Ein Brötchen kostete vier und einen halben Pfennig, eine Kugel Eis nur zehn Pfennig.

Nun konnten wir auch daran denken, das Grab unserer Mutter zu bepflanzen und ihr auch Blumen aufs Grab zu legen. Jeden Sonntag fuhren wir mit der U-Bahn zum Ohlsdorfer Friedhof.
Meistens war ich der erste, der aus der Bahn sprang. Da ich auch immer schnell reden konnte, machte ich Elke und Oma immer auf neue Sachen aufmerksam. Aber eines Tages war es anders. Der Bahnhof Ohlsdorf war renoviert worden. Elke sah es als erste. Sie sah, dass die Anschlagsäule auf dem Bahnsteig frisch gestrichen war und wollte es uns mitteilen. Sie wusste nur nicht so schnell, was Litfasssäule und Bahnsteig heißt, daher rief sie:
„Guck mal, das Ding auf dem Ding ist angedingst!"
Wir mussten sehr lachen.

Taschengeld war ein Fremdwort für meinen Vater, obwohl er früher selber davon eine Menge bekommen hatte. So musste ich mir selber etwas verdienen. Von unserem Nachbarssohn hörte ich, dass das Hamburger Abendblatt Austräger suchte. Das ist etwas für mich, dachte ich. Doch als der Mann in der Agentur mich sah, erklärte er mir, dass ich noch zu klein dazu wäre. Ich müsse mindestens 10 Jahre alt sein. Man kann sich mein böses Gesicht vorstellen:
„Ich bin zwar noch klein, aber schon über 12 Jahre alt. Außerdem gehe ich schon in die siebte Klasse. Mein Freund hat mich empfohlen, den können sie fragen."
Er lachte sich über meinen Eifer förmlich kaputt und sagte:
„Mit deinem Auftreten undd Mundwerk kann ich dir, glaube ich, den besten Bezirk anvertrauen den ich habe. 111 Zeitungen darfst du ab morgen in dem Gebiet der Alster austragen. Dein prominentester Kunde ist Helmut Zacharias, der berühmte Geiger. Auch wohnen dort Leute, die schon jetzt wieder viel Geld haben. Sei also pünktlich, ehrlich, freundlich und fleißig, dann wirst du zu Weihnachten bestimmt gute Trinkgelder bekommen."

Da ich in der Schule jetzt einer der Besten war und meine Hausarbeiten prompt erledigte, konnte ich jeden Tag nach der Schule die 111 Exemplare austragen. Ich sagte zu mir:
„Was kannst du machen, damit die Leute wissen, dass du der neue Zeitungsjunge bist? Bei jedem Abonnenten anklingeln und dich vorstellen," war meine Antwort.

Gesagt, getan. 111 Klingeln waren zu drücken. Meistens waren es Frauen, die die Tür öffneten. Ich übergab die Zeitungen mit den Worten:
„Mit freundlichen Grüßen von mir und dem Hamburger Abendblatt. Ich werde in Zukunft die Zeitungen in Ihren Briefkasten werfen. Ich werde pünktlich sein und nicht so nachlässig wie der Junge vor mir. Einen schönen Abend."
An diesem Nachmittag hatte ich schon 75 Pfennig Trinkgeld bekom-

men. Nur Helmut Zacharias hatte ich heute nicht kennengelernt.

Wer hatte die Tür nicht geöffnet? Am nächsten Tag notierte ich alle Adressen der Leute, die mich noch nicht kannten. Aber sie sollten mich noch kennen lernen.

Obwohl die Zeitungen sehr schwer waren, hielt ich tapfer durch, auch wenn meine Oma am Sonntag immer sagte:

„Ich glaube die Arbeit ist zu schwer für dich. Oder bekommst du nicht genug zu essen?"

Doch ich brauchte mehr Geld. In den Weihnachtsferien drückte ich mich in der Alsterdorferstrasse herum. An dem kleinen Platz vor dem Kino hatte ein Mann seinen Weihnachtsbaumstand aufgestellt. Immer gegen 10 Uhr kam er, nahm das Netz von den Bäumen und stellte die Bäume wieder auf, die er am Abend vorher zusammengelegt hatte. Ich passte genau auf, welche Preise er für die einzelnen Bäume nahm. Außerdem fragte ich ihn, ob ich die Bäume, wenn gewünscht, nach Hause tragen dürfe. Ich durfte und so stand ich von 10 bis um 13 Uhr bei ihm. Dann von 13 Uhr 30 bis 16 Uhr Zeitungen austragen und wieder zu ihm. An einem Samstag stand ich am Stand und wartete auf den Inhaber. Es wurde zehn Uhr dreißig und einige Personen warteten schon ungeduldig. Da begann ich das Netz zu entfernen und die Bäume aufzustellen. Er kam immer noch nicht. Die Leute wollten wissen, was die Bäume kosteten und ich begann, die ersten Bäume zu verkaufen. Ich hatte genau aufgepasst und verkaufte sie immer ein bisschen teuerer als der Mann. Einige baten mich die Bäume später zu bringen. Ich schrieb die Namen und Adressen auf, steckte das Trinkgeld in die linke und den Betrag von den Bäumen in die rechte Hosentasche.

Plötzlich spürte ich eine Hand an meiner Schulter. Ein Polizist stand hinter mir und sagte:

„Was machst du hier? Ich habe dich von meinem Fenster aus beobachtet, wie du hier Tannenbäume verkaufst. Wo ist der Mann, dem die Bäume gehören?"

„Er ist noch nicht hier, da habe ich schon einmal aufgebaut, damit er die Arbeit nicht mehr zu machen braucht. Einige Leute wollten die Bäume kaufen und ich habe sie für ihn verkauft. Hier ist das Geld und in der anderen Tasche ist mein Trinkgeld, das ich für das Bringen schon bekommen habe."
„Ich glaube dir kein Wort."
Er zog mich am Ohr und ließ mich die Bäume alle wieder verpacken. Beim Überlegen des Netzes half er mir, dann nahm er mich am Arm und brachte mich nach Hause. Mein Vater übernahm mich, und der Polizist zog mit dem Geld ab.
Mein Vater hatte gelernt, er sagte zu mir, als ich ihm alles erklärte: „Wir gehen später zu dem Mann und fragen ihn, ob er Geld vermisst und ob sonst auch alles in Ordnung ist."

Aber kaum zehn Minuten später stand der Mann in der Tür und holte mich ab. Der Polizist hatte ihm das Geld gebracht und von mir erzählt. Und er sagte etwas zu meinem Vater, das ich nie vergessen habe:
„Mein kleiner Partner hat alles richtig gemacht. Ich musste meine Frau ins Krankenhaus bringen und habe mich deshalb verspätet. Er hat die Bäume sogar besser verkauft als ich."
Er gab mir mein Trinkgeld, und wir beide zogen Hand in Hand ab zum Tannenbaumverkauf.

Freitag, der 24. Dezember, Heiligabend.

Heute kamen die Zeitungen schon um 11 Uhr, und so hatte ich genügend Zeit, um an jeder Haustür zu klingeln und die Zeitungen abzugeben. Fast 5 Stunden benötigte ich, um jedem Kunden, der öffnete, ein fröhliches Weihnachtsfest zu wünschen. Der Erfolg war großartig. Da ich keinen Tag unpünktlich war, fielen die Trinkgelder und kleinen Gaben sehr reichlich aus. Von einer alten Dame bekam ich eine Tasche geschenkt, damit ich die Geschenke tragen konnte. Es waren über 70 Mark, die ich in meiner Jacke schnell noch zu meiner Oma trug. Auch die Geschenke lieferte ich bei ihr ab. So war ich wenigstens am Heiligabend ein paar Minuten bei ihr. Mit Küsschen verabschiedete ich mich bis zum nächsten Tag.

Zu Hause traf ich erst um 18 Uhr ein und sagte:
„Heute hat es bis nach fünf Uhr gedauert, da ich allen schöne Weihnachten gewünscht habe. Ich habe auch 25 Mark Trinkgeld bekommen."
Der Heiligabend kam, aber für mich und meine Schwester war so ein Abend ohne unsere Großmutter kein Weihnachten, und wir freuten uns schon auf den nächsten Tag.

1949

Warum war mein Vater so versessen darauf, so viele Personen auf den kleinen Raum in der Himmelstrasse zu pressen? Aus lauter Nächstenliebe bestimmt nicht. Dazu war er zu geizig und zu berechnend.
Mitte Januar wussten wir warum. Er teilte uns mit, dass wir jetzt eine neue Wohnung bekommen würden.
„In zwei Wochen ziehen wir um. Wir bekommen von der Wichernbaugenossenschaft eine Dreizimmerwohnung mit Etagenheizung. Dazu eine Küche und ein Badezimmer. Sie liegt in Barmbeck im zweiten Stock. Das Haus ist gerade wieder aufgebaut worden."
Mathematik war zwar nicht meine Stärke, aber drei plus acht konnte ich im Kopf ausrechnen. Drei Zimmer, nun, es bleibt da alles beim Alten. Ein Zimmer für die Eltern, ein Zimmer für Oma Lindemann, ein Zimmer für uns fünf Kinder.
Zwei Wochen später war es soweit, wir zogen in die Fränkelstrasse Nr.27. Man sagt ja, dass es Verbrecher stets immer wieder an die alten Wirkungsstätten zurückführt. So war es auch mit der neuen Wohnung. Sie lag genau da, wo Elke und ich immer die Kohlen geklaut hatten. Nämlich zwischen Alte Wöhr und dem Bahnhof Rübenkamp.

Drei Zimmer, alle mit großen Fenstern und Blick zur Strasse und zum Barmbeker Krankenhaus. Die Küche zum Hof und sehr hell. Sie hatte einen großen Kohleofen, von dem aus man die ganze Wohnung heizen konnte.
Inzwischen hatte mein Vater gebrauchte und neue Möbel organisiert. Für uns Kinder die gebrauchten Betten und für ihn und seine Frau ein nagelneues Wohnschlafzimmer auf Raten. Und wie ich es schon geahnt hatte, die Zimmereinteilung war genau wie ich es mir vorgestellt hatte.,
Dann mussten wir antanzen. Ich ahnte, was da kommen sollte und sagte leise zu Elke:
„Jetzt wird die Arbeit verteilt und er geht wieder auf Fernfahrt."
„Da ich wieder auf Fernfahrt bin und ich für euch Geld verdienen muss, müsst ihr alle im Haushalt mithelfen. Horst zerhackt die gro-

ßen Koksstücke, die ich von der Bahn bekommen habe, im Keller zu kleinen heizbaren Stücken, damit sie in den Ofen passen. Elke macht die nächsten vier Wochen die Betten. Michael putzt die Schuhe und Peter wischt im Kinderzimmer Staub. Erhard ist noch zu klein, der kann noch nichts machen. Das Wohnzimmer, in dem Mama und ich schlafen, dürft ihr nur zum Wochenende betreten. Alle Kinder gehen um sieben Uhr ins Bett. Mama schreibt auf, wenn ihr dummes Zeug macht und berichtet mir alles, wenn ich zurückkomme."
Wir vier schauten uns verdutzt an und ich fragte:
„Und was machen Mama und Oma Lindemann? Außerdem wollte ich dich mal fragen, warum du immer auf Fernfahrt musst und Mama allein lässt. Und warum bist du nicht mehr bei der Bahnpolizei wie früher?"

Er holte zum Schlag gegen mich aus, doch ich wich zurück und schrie:
„Denke an Onkel Rudi!"
Und das zum ersten Mal stellte sich Mama vor mich und sagte:
„In diesem Fall hat Horst recht, Du lässt mich mit fünf Kindern wochenlang allein, und ich soll mit meinen 26 Jahren allein klar kommen. Gott sei Dank habe ich meine Mutter hier, die mir sehr hilft."
Es war das erste Mal, dass ich sie so reden hörte, und mir war erst in diesem Moment so richtig klar, dass sie ja nicht so viel älter war als ich. Ich hatte das zwar von meiner Großmutter gehört, aber das ganze nicht so richtig wahrgenommen.

Zwei Tage später war mein Vater fort, und es begann ein etwas besseres Verhältnis zu meiner Stiefmutter. Außerdem machte ich ihr folgenden Vorschlag:
„Ich werde in Zukunft nicht mehr so bockig sein, den Koks klein schlagen und Vati nicht sagen, dass du so viel rauchst. Dafür sorgst du dafür, dass Omi zum Heiligabend zu uns kommen darf. Sie ist da so allein und weint den ganzen Abend."
Sie versprach dafür zu sorgen. So war ein winziger Schritt getan,

aber es sollten noch viele Meinungsverschiedenheiten kommen.

Die Schule lag nur 200 Meter von unserem Haus entfernt, so dass wir nur fünf Minuten vor acht aus dem Haus gehen mussten.
Der erste Schultag war für mich ein großes und ein witziges Erlebnis.
Der Lehrer, Herr Mühlhausen, fragte:
„Wie heißt du?“
„Miersen.“
Von der letzten Bank kam ein sehr lautes: „Ohhhhhh.“
„Wie ist Dein Vorname?“
„Horst.“
Von hinten: „Ohhhhhhh.“
„Wann bist du geboren?“
„Am 2. Mai.“
Von hinten: „Ohhhhh.“
„In welchem Jahr?“
„1936“
Von hinten: „Gott sei Dank.“
Die ganze Klasse und der Lehrer lachten sich kaputt. Ein etwas dickerer Junge kam nach vorne und sagte:
„Gestatte. Horst Miersen, geb. am 2. Mai 1935.“
Wir stellten hinterher fest, dass wir ganz entfernte Cousins waren.
„Wie nenne ich euch denn in Zukunft, damit ich euch auseinander halte? Horst 1 und Horst 2 ist keine gute Lösung.“
Von der ersten Bank sagte einer:
„Der eine ist dünn und der andere ist dick. Wir nennen sie Brummer und Fliege.“
Prompt hatten wir unsere Namen weg. Später auf der Bühne wurden wir immer mit unseren Spitznamen vorgestellt. Diese Schule war für mich ein Paradies. Herr Mühlhausen, unser Klassenlehrer, setzte mich zum besten Schüler und sagte:
„Du darfst die nächsten vier Wochen immer von deinem Nachbarn abschreiben, damit du auf den gleichen Stand kommst wie wir.
Außerdem teile ich dir mit, dass es bei mir keine Klassenarbeiten

gibt. Alle Eltern waren einverstanden, dass ihr jeden Tag eine Stunde länger in der Schule bleibt und ihr die Hausarbeiten hier mit mir zusammen macht. Auch dürft ihr bei den Arbeiten vom Nachbarn abschreiben. Das einzige, um was ich bitte, ist absolute Ruhe.“

Meine Güte, das ist ja das reinste Paradies, dachte ich. Den Lehrer musste man einfach mögen. Wir schrieben natürlich nicht ab, das war unter unserer Ehre. Ich kam sehr gut mit, da der blöde Lehrer in Winterhude dafür gesorgt hatte. Außerdem kam mir noch das Gymnasium zu gute. Nach der Hausarbeitsstunde wurden die Arbeiten untereinander ausgetauscht, wir mussten die Hefte der Kameraden kontrollieren und die Fehler ankreuzen.

Nach zwei Jahren, am Ende unserer Schulzeit, teilte uns Herr Mühlhausen bei der Abschlussfeier mit, dass das unsere Klassenarbeiten gewesen waren. So hätte er sich das Korrigieren erspart und wir hätten keine Angst vor den Arbeiten gehabt.

Auch die anderen beiden Lehrer waren reine Goldstücke. Beim Bruder von Herrn Mühlhausen hatten wir Biologie und bei Herrn London Englisch.

Vom Fenster unseres Klassenzimmers konnten wir auf die Bahngleise der S-Bahn und der Güterwagen sehen. Die Güterzüge hatten es mir angetan. Ich merkte mir genau die Zeiten, an denen die Züge mit Kohlen und Briketts vorbeikamen. Ab und zu musste ich noch ein paar Briketts klauen.

In der Schrebergartenkolonie hatte in einer Halle ein Kino eröffnet. Sonntags gab es Kindervorstellung und man musste als Eintrittsgeld 50 Pfennig und einen Brikett für die Heizung mitbringen.

Sonntags wurde in der guten Stube gegessen. Wenn Vati zu Hause war, mussten wir ganz ruhig am Tisch sitzen und durften kein einziges Wort sagen. Wenn wirklich einer anfing zu kichern, klopfte er unter die Tischplatte und räusperte sich. Meistens wurden wir dann besonders albern. Dann schnappte er sich einen von uns, natürlich meistens mich und ich durfte nicht mehr weiter essen.

Die Rettung die Woche über war meistens Oma Lindemann. Sie kochte uns morgens eine Milchsuppe und machte uns das Pausenbrot. Das bestand aus zwei Scheiben Brot mit Margarine bestrichen und etwas Zucker.
Die Kleinen mussten immer erst um 9 Uhr in die Schule. Ich war neugierig, was wohl passierte, wenn Elke und ich aus dem Haus waren. So versteckte ich mich eines Morgens hinter der Anschlagsäule gegenüber unserem Haus und wartete auf die Sache, die da kommen sollte. Wir hatten kaum die Wohnung verlassen, als Michael aus dem Haus kam. Er schaute nach rechts die Strasse hinunter. Als er uns nicht sah, schlüpfte er in die Bäckerei und kam nach zwei Minuten mit einer Tüte frischer Rundstücke heraus. Ich merkte wieder, dass Elke und ich nur Kinder zweiter Klasse waren.

Dafür war ich in der Schule gut. Jeden Morgen freute ich mich auf den Unterricht. Zu Ostern beim Schulabgang der neunten Klasse durfte ich ein Gedicht von Otto Reuter aufsagen.
„De Haupsak is, lier wat Johann un kumm torüch as Ihrenmann…“
Es war plattdeutsch und ich war der einzige, der es gut auswendig kannte.

Eines Sonntags sollte ich dahinterkommen, warum mein Vater nicht mehr bei der Bahnpolizei war. Wir besuchten alle einen Freund meines Vaters. Auf dem Weg dahin, natürlich zu Fuß, die Straßenbahn war zu teuer, wollte mein kleinster Halbbruder nicht mehr laufen. Ich nahm Erhard auf meine Schultern und trug ihn. Doch plötzlich ließ ich einen Schrei los:
„Er pinkelt mir in den Kragen!“
Ich hob ihn hoch und wollte, dass mein Vater ihn mir abnahm. Doch

er lachte und die Tropfen liefen immer weiter in mein Hemd. Bei Kalli Vollrath, seinem Freund, durfte ich mein Hemd ausziehen und Frau Vollrath wusch es aus und hängte es zum Trocknen. Da sah ich im Schlafzimmer eine Uniform der Bahnpolizei. Ich fragte Frau Vollrath:
„Ist Ihr Mann noch bei der Bahnpolizei, warum ist mein Vater nicht mehr dabei?“
„Ja weißt du, ich darf das eigentlich nicht sagen, aber du weißt ja noch, dass deine Mutter sich von deinem Vater hat scheiden lassen. Na, dein Vater hat mit der Frau seines Chefs genau das gleiche gemacht, was er damals mit deiner Stiefmutter gemacht hatte. Deshalb durfte er nach dem Krieg nicht wieder zur Bahnpolizei.“
Na warte, dachte ich, bei der nächsten Gelegenheit wirst du es von mir zu hören bekommen.

Es gab jetzt immer mehr zu kaufen. Es wurden mehr Kinos eröffnet. Es gab Fahrräder und vieles mehr.
Ich wollte meiner Großmutter ein schönes Geschenk zu ihrem Geburtstag kaufen. Also musste Geld her. Im Stadtpark eröffnete ein Tennisclub, und so schaute ich mich um, ob bei den reichen Leuten nichts zu verdienen war. Jedes Mal, wenn die Bälle hinter die Außenlinie fielen, mussten die Spieler hinlaufen und die Bälle wieder aufheben. Ich fragte:
„Darf ich für Sie die Bälle aufheben?“
Ich durfte und war ab sofort der Balljunge. Nach einigen Wochen hatte ich meine Stammkundschaft, und ich bekam 30 Pfennig die Stunde.
Doch das reichte mir nicht. Brummer sagte mir in der Schule:
„Wenn du Geld brauchst, kannst du mit mir abends in der Kneipe Kegel aufstellen. Das bringt die Stunde 50 Pfennig und noch eine Brause extra.“
Nun war guter Rat teuer. Abends musste ich um 7 Uhr ins Bett. Das Kegeln ging aber bis um 10 Uhr. Eines Abends traf ich meinen Vater allein zu Hause an.

„Vati, ich bin am Nachmittag Balljunge im Tennisclub und verdiene ein bisschen Geld. Horst würde mich mit in die Gaststätte nehmen zum Kegelaufstellen. Das dauert aber bis um zehn Uhr. In der Schule bin ich der Beste, man hat mich heute zum Klassensprecher gewählt. Außerdem hat mir der Direktor die gesamte Verwaltung der Schulsachen übertragen. Ich beaufsichtige alle Bleistifte, Hefte, Kreide, Radiergummis, sowie alle Landkarten. Ich weiß auch, dass ich so früh ins Bett muss, da du mit Mama allein sein willst und du nicht von uns Kindern gestört sein willst. Ich werde, wenn du es erlaubst, um viertel nach zehn im Bett sein und euch also nicht stören."
Nach dieser langen Erklärung wagte ich nicht aufzusehen und wartete gespannt auf seine Entscheidung.
Ich glaube, das mit dem Geld hat ihn am meisten bewegt, mir die Erlaubnis zu erteilen. Vielleicht glaubte er, zu Weihnachten ein schönes Geschenk zu bekommen.

Ich war also jetzt berufstätig. Jeden Pfennig brachte ich am Wochenende zu meiner Großmutter, damit in der Fraenkelstrasse nichts abhanden kam. Immer wenn ich ihr 1,80 DM gab, legte sie noch zwanzig Pfennig dazu.

Der Sommer kam und wir gingen zum Baden ins Stadtparkbad. Es war eine Badeanstalt am Rande des Stadtparksees, die mit großen Baustämmen vom See abgetrennt war. Auch zwischen Schwimmer und Nichtschwimmer lagen die Bäume als Trennung. Wir konnten immer noch nicht richtig schwimmen. Immer mit einem Bein auf dem Grund und viel Tauchen, pirschten wir uns immer näher an das Schwimmerbecken heran. Ein Bademeister sah es, hielt Elke eine Stange mit einem Griff vor die Nase und sagte:
„Komm, Kleine, ich gehe vor dir her und wenn du nicht mehr kannst, halte dich an der Stange fest."
Sie tauchte unter den Baum, kam mit einem Fuß auch dort noch auf den Boden und schwamm und tauchte vor dem Bademeister her. Sie sah die Stange vor sich, hatte Vertrauen zu dem Mann und konnte

auf einmal schwimmen. Es war das erste Mal, dass sie etwas vor mir konnte. Sie war so stolz, dass sie ab sofort in einen Schwimmverein eintrat.

Das ließ mir natürlich keine Ruhe, und so übte ich auch mit einem Bein auf dem Grund zu schwimmen und viel zu tauchen, bis ich es wagte, vom Dreimeterbrett zu springen und zum Beckenrand zu schwimmen. An diesem Tag schwor ich mir:
„Wenn ich mal Kinder haben sollte, müssen die mit zwei Jahren schwimmen können."
Ich habe mein Wort gehalten. Mit 6 Wochen übte ich mit meiner Großen in der Badewanne tauchen, und mit einem Jahr und 9 Monaten sprang sie vom 3 Meterbrett und tauchte zu mir. Sie tat das allerdings nur, wenn viele Leute da waren und sie bestaunten. Zu der Zeit war ich aber schon Schwimmlehrer und Trainer im Schwimmverein Poseidon in Hamburg und in Müllheim im Schwarzwald gewesen.

Wir Kinder wurden größer und somit unser Zimmer immer kleiner. Elke wurde im August 12 Jahre alt und musste noch immer mit uns Jungen in einem Raum schlafen. Doch mit einem Mal wurde ein Bett aus unserem Zimmer herausgeschoben und in das Zimmer von Oma Lindemann gebracht. Elke dachte, dass sie nun mit ihr ein Zimmer teilen würde. Doch weit gefehlt. Ihr richtiger Enkelsohn Michael kam zu ihr ins Zimmer und nicht meine Schwester. Ich glaube, in diesem Moment hat sie sich entschlossen, bei der ersten Gelegenheit auszuziehen.
Nun wie gehabt rechte Seite für Elke und mich und die linke für Peter und Erhard.

Elke war im Schwimmverein Poseidon. Jede Woche zwei Mal lief sie vier km zum Training durch den Stadtpark bis zur Schwimmhalle und wieder zurück zum Training. Ganz selten hatte sie etwas Geld, um mit der Straßenbahn zurückzufahren, sie hatte es lieber vernascht.

Ich hatte für so was keine Zeit, denn ich musste Geld verdienen. Zum Bälleaufsammeln und Kegelaufstellen kam noch die Trümmerkletterei dazu. Brummer und ich stiegen die brüchigen Treppen in den Häusern hinauf und hangelten uns über Leitungen in die gefährlichsten Ecken der Häuser, um Kupferrohre zu demontieren. Mich hatte nämlich das Kinogehen gepackt.
Aber die Kinos waren immer erst um 22 Uhr 30 aus und ich musste früher zu Hause sein. Was tun? Wenn ich genug Kupferrohre gegen Geld eingetauscht hatte, das Sammeln oder Klauen war streng verboten, sagte ich zu Mama:
„Ich habe vom Kinobesitzer auf dem Tennisplatz Freikarten bekommen, darf ich dich einladen?"
Sie ging viel zu gerne mit, um nein zu sagen.
So wurde meine Ausgehzeit also langsam ausgedehnt.

Kinogehen war meine zweite Sucht. Die erste blieb immer noch das Lesen. Tom Mix, Billy Jenkings und natürlich Carl May, sowie Reisebeschreibungen und Abenteuerromane waren meine Lektüre. Alles, was kam, wurde verschlungen.
Der Herbst kam, die Tage wurden kürzer und man konnte nicht mehr im Bett lesen. Strom war teuer, die Kleinen schliefen im Zimmer, in der Küche durfte keine Lampe angemacht werden und Taschenlampen im Bett waren wegen der Augen und der teuren Batterien auch nicht erlaubt.
Also saß ich im Treppenhaus beim Dreiminutenlicht und las alles, was mir vor die Flinte kam. Da beschwerten sich die Nachbarn, dass ich das Licht im Treppenhaus vergeude. Wieder musste ich mir etwas Neues einfallen lassen. Wo ist noch Licht, das nichts kostete? Gegenüber war eine Telefonzelle, dort brannte eine schwache Birne. Viele Stunden verbrachte ich so. Und das, was mein Vater gesagt hatte, er musste ja auch einmal Recht haben, traf ein, ich wurde sehr früh zum Brillenträger.

Schwimmwettkampf, Clubmeisterschaft vom SVP. In der Schwimm-

halle auf der Reeperbahn hatte Elke ihren ersten Wettkampf. Oma und ich als Zuschauer durften natürlich nicht fehlen. 50 Meter Rücken war ihre Disziplin. Und sie war gut, sie wurde zweite in ihrem Jahrgang. Richtig stolz war meine Oma, denn sie bezahlte ja den Beitrag für sie. Mein Vater hatte für so was kein Geld übrig. Dann kam eine Stimme aus dem Lautsprecher:
„Alle Kinder, die noch nicht im Verein sind und auch einmal um die Wette schwimmen möchten, können sich beim Wettkampfbüro melden."
Ich mochte wollen, aber ich hatte keine Badehose dabei. Meine Großmutter sagte zu mir:
„Du kannst doch im Schlüpfer von Elke schwimmen. Sie hat für den Heimweg ja ihre lange Hose. Der Schlüpfer ist, bis ihr wieder nach Haus müsst, auch wieder trocken."
Elke meldete mich an und ich ging in die Kabinen zum Umziehen. Dann stand ich mit ihrer Unterhose auf dem Startblock.
„Bitte die Plätze einnehmen, fertig, los!"
Ich sprang mit einem eleganten Kopfsprung ins Wasser, und der Schlüpfer rutsche mir bis an die Fußknöchel. Oh wie peinlich! Doch ich griff mit beiden Händen zur Hose, zog sie wieder hoch und schwamm hinter den anderen Kindern her. Ich wurde Letzter und die Leute in der Halle schrieen und lachten, als ich aus dem Wasser kam.

Dann nahm ich das Training mit Elke gemeinsam auf. Jetzt im Herbst und später bei Eis und Kälte gingen wir zum Training. Mein Schwimmstil wurde immer besser. Crawl, Rücken, Delphin und Brustschwimmen wurden fast perfekt. Nur schnell Schwimmen war nicht mein Ding. Das erkannte auch meine Trainerin und sie sagte zu mir:
„Du wirst nie ein schneller Schwimmer, aber du könntest ein guter Trainer und Schwimmlehrer werden. Möchtest du mein Assistent werden und Lehrgänge besuchen?"
Das war etwas für Horst Miersen. Andere mussten das tun, was er wollte. Und so wurde ich Trainer. Bis zu meinem 32. Lebensjahr

bin ich dem Verein als Trainer treu geblieben. Am Anfang gab ich Kleinkinderschwimmkurse und später leitete ich die Mädchenwettkampfgruppe. Erst im Schwarzwald habe ich dann auch die gesamte Schwimmmannschaft der Alemania Müllheim trainiert.

Hamburger Dom, das ist der größte Jahrmarkt in Norddeutschland. Mit unserer Großmutter ging es auf dieses Volksfest. Achterbahn und Kettenkarussell waren wieder in Betrieb. Doch als erstes gab es ein Stück Kokosnuss. Kleine Scheiben dieser weißen Frucht wurden verspeist. Dann für mich einen roten Liebesapfel und für Elke Zuckerwatte. Anschließend in die Kaffeemühle auf einem Karussell. Das Karussell drehte rechts herum und wir bewegten uns mit einem Schwungrad links herum. Immer schneller wurden wir. Doch als wir aus dem Karussell heraus kamen, wollten auch die Kokosnüsse, die Zuckerwatte und der Liebesapfel wieder heraus. Seit diesem Tag meiden wir dieses Karussell.
Doch etwas anderes interessierte mich. Ich sah, wie einige Jungs auf die Karussells aufsprangen und Geld kassierten und es dem Mann an der Kasse brachten. Hier gab es wieder etwas zu verdienen. Am nächsten Nachmittag war ich da und fragte. Der Mann am Karussell freute sich, da Männer fehlten. Sie waren ja im Krieg geblieben oder waren noch in der Gefangenschaft. Pro Stunde bekam ich eine Mark. Das war mehr und interessanter als im Sommer Bälle aufsammeln. Auf die Karussells während der Fahrt aufspringen, Geld kassieren und wieder abspringen, das war besser als noch während der Fahrt von der Straßenbahn abzuspringen.
Auch die Boxerautos mit ihren Stromstangen hatten es mir angetan. Doch diese Jobs waren alle vergeben. Das machten größere Jungs. Aber ich fuhr immer ohne Geld mit. Immer, wenn ein Erwachsener in ein Auto stieg, fragte ich, ob ich mitfahren dürfe. Man musste nur für das Auto zahlen und nicht für die Personen. Vier Wochen dauerte dieser Spaß.

Eines meiner Lieblingsfächer in der Schule war Englisch. Herr London verstand es aber auch, den Unterricht sehr interessant zu gestalten. Wir übersetzten englische Schlagertexte und sangen sie bei Schulfesten. Ab Oktober übten wir in englisch für die Schulweihnachtsfeier das Märchen „Der Wolf und die sieben Geißlein“. Da ich der Kleinste in der Klasse war, musste ich natürlich das kleinste Geißlein spielen.
„Oh mummy, I am so hungry,”
war mein erster Satz.

Wir waren gespannt, ob Mama es durchsetzen würde, dass unsere Oma zum Heiligabend kommen durfte. Es war für sie natürlich sehr schwer, die Mutter ihrer Vorgängerin zu empfangen, und meine Oma mussten wir auch noch überreden, die Wohnung in der Fraenkelstrasse zu betreten. Es gab harte Gespräche mit meinem Vater, er wollte Omi nicht zum Heiligabend haben.
Mama und Oma Lindemann hatten sich schon mit dem Besuch meiner Großmutter abgefunden. Oma Lindemann hatte Mitleid mit ihr, da sie nur noch Elke und mich hatte.
Dann fuhr ich zum letzten Mal ein schweres Geschütz gegen meinen Vater auf:
„Entweder gehen Elke und ich am Heiligabend zu unserer Großmutter oder du bittest sie, zu uns zu kommen. Du bittest sie auch um Verzeihung wegen der Sache damals in der Küche und schaffst normale Verhältnisse. Oma ist nicht glücklich, zu euch zu kommen, aber sie möchte mit uns zusammen sein. Irgendwann muss es sowieso sein. Solltest du es nicht tun, erzähle ich Mama, warum du nicht mehr zur Bahnpolizei durftest. Frau Vollrath hat mir alles gesagt.“
Das kreidebleiche Gesicht meines Vaters werde ich nie vergessen. Aber er ging zu meiner Großmutter und sie kam am Heiligabend. Sie brachte sogar Geschenke für meine Stiefbrüder mit. Es herrschte zwar eine komische Stimmung, aber wir waren zusammen.

1950

Meine Großmutter hatte mich zum Lesen animiert, was ich auch weidlich nutzte. Nun versuchte sie, mir die Musik näher zu bringen. Sie überraschte uns mit Karten für die Operette „Gräfin Mariza“. Aber was sollte ich in einer blöden Operette. Gab es doch im Kino einen tollen Wild-Westfilm, den ich bedeutend lieber gesehen hätte. Aber sie hatte die Karten nun schon gekauft, und so musste ich in den sauren Apfel beißen.
Wir saßen im zweiten Rang direkt vorn mit einem schönen Blick auf die Bühne. Nachdem die Ouvertüre beendet war, öffnete sich der Vorhang und die für mich langweilige Vorstellung begann. Doch nach einigen Minuten war ich begeistert und wollte gerade mit dem Publikum klatschen, als mir einfiel, dass ich meine Begeisterung auf keinen Fall zeigen durfte. Mit gelangweiltem Gesicht verfolgte ich die Handlung und die Musik. Meine Großmutter schaute immer wieder zu mir hin, um zu sehen, wie es mir gefiel. Bei dem Tanz und dem Gesang des Buffo Pärchens konnte ich mich aber nicht mehr zurückhalten. Ich klatschte wie wild und mein Gesicht zeigte meiner Oma nun, dass sie das Richtige mit dieser Operette ausgesucht hatte.
Der nächste Besuch eines Theaters war der Auftritt der Hoch- und Deutschmeister unter dem Dirigenten Herrmann im Schauspielhaus. Tolle Marschmusik und Wiener Walzer, die ich zum Teil schon aus Filmen kannte, ließen mich zu einem Musikfanatiker werden.

Der Frühling kam, der Tennisplatz eröffnete wieder, die Zweige brachten die ersten Blüten hervor und auch bei mir stellten sich andere Gedanken ein. Gegenüber unserem Küchenfenster wohnte eine Familie Michaels. Das Wichtigste für mich aber war deren Tochter Telsche. Sie war in meinem Alter und ich konnte die Augen nicht von ihr lassen. Sie wurde meine erste große Liebe. Bis jetzt hatte ich mit Mädchen nichts im Sinn. Sie waren alle blöde und zu nichts zu gebrauchen. Außer vielleicht Gerda und Ilse in Zell. Aber das war jetzt eine Ewigkeit her und ich konnte gar nicht glauben, dass das Mädchen waren. Meiner Meinung nach waren das Kumpel.

Viele Jahre später hörte ich die Frage:
„Wann beginnt bei einem Jungen die Pubertät?"
Und dann die treffende Antwort:
„Wenn er überlegt, ob er das Mädchen verprügeln oder ihr einen Kuss geben soll."

Genau vor dieser Frage hatte ich gestern gestanden. Doch heute überlegte ich, wie ich Telsche in den Keller kriegen und sie küssen könnte. In der Schule bat ich meine Schwester zu ihr zu gehen, um sie zu fragen:
„An oder ab von Horst?"
Das war damals so üblich, wenn man eine Freundin haben wollte. Elke kam blitzschnell zu mir zurück und teilte mir mit, dass sie „an" gesagt hätte. Von da an trieb ich mich immer vor der Haustür von Telsche herum, nur in den Keller habe ich sie nie bekommen.
Doch wir waren oft zusammen, und ihr Vater machte sogar Fotos von uns. Er war Pressefotograf und schrieb auch Geschichten für die Frauenzeitschriften. Er dachte sich Stores aus und dokumentierte sie mit Bildern. Einmal lasen und sahen wir in einer Illustrierten folgendes:
„Horst sucht Liebe bei seiner Mutter. Er sticht sich am Stacheldraht in den Finger, damit es blutet und damit seine Mutter ihn in dem Arm nimmt und ihn tröstet."
Es war ein wunderschönes Bild dabei, wie ich glücklich auf dem Schoß meiner Mutter saß. Nur dass meine Mutter Telsches Mutter war und nicht meine.
So lernte ich schon mit 13 Jahren, was Pressefreiheit heißt.

Die Abschlussfeier für die neunte Klasse kam. Einer in unserer Klasse sollte die Glocke von Schiller in der Aula aufsagen. Tagelang lag das Gedicht unter meinem Kopfkissen, damit ich nachts den Text nicht vergaß, den ich am Tag gelernt hatte. Wir alle mussten ihn ler-

nen und am Schluss sollte die Klasse in geheimer Wahl abstimmen, wer das Gedicht aufsagen durfte. Die Zettel wurden verteilt, Namen wurden darauf geschrieben und mit Spannung wartete ich auf das Ergebnis.
Ich hatte wieder die meisten Stimmen und war überglücklich. Die anderen Schüler hatten allerdings meinen Namen geschrieben, damit sie nicht auf die Bühne mussten. Die nächsten Stimmen hatte Brummer, er durfte in diesem Jahr das Gedicht von Otto Reuter aufsagen. Wir beide merkten bei dieser Abschlussfeier, dass wir Spaß daran hatten auf der Bühne zu stehen und beschlossen, uns etwas einfallen zu lassen.

Die Osterferien waren vorbei, unser letztes Schuljahr begann. Ich behielt unsere Lehrer, aber etwas anderes sollte sich grundlegend ändern. Herr Mühlhausen stand vor uns mit einem Zettel in der Hand. Er verlas zwölf Namen unserer Klasse und bat diese Jungs aufzustehen und sich mit ihren Schulsachen nach vorne zu begeben. Sie trabten nach vorn und wir alle warteten, was da kommen sollte.
„Die Klasse wird aufgeteilt. Zwölf bleiben in der 9a, während die anderen in die Nebenklasse kommen. Die Schulbehörde hat sich entschlossen etwas Neues einzuführen.“
Er machte es richtig spannend, da er auch immer auf die Uhr sah und zur Tür schaute.
Es klopfte und eine Lehrerin der Mädchenschule kam herein.
Herr Mühlhausen grinste fürchterlich, bat sie, sich vorzustellen und bekannt zugeben, was die Behörde beschlossen hatte.
„Meine Herren hier vorne, ich bin ab sofort Euere neue Klassenlehrerin und ich möchte euch bitten mit mir nachher in die Nebenklasse zu kommen. Vorher möchte ich euch noch die neuen Mitglieder der 9a vorstellen. Bitte kommt herein.“
Zwölf Mädchen kamen grinsend und kichernd in unsere Klasse.
„Ach du meine Güte, Weiber in unserer Klasse, jetzt stinkt die Klasse bald nach Milch!“, so dachten wir in unserer Naivität.
Doch nach einigen Tagen gewöhnten wir uns an die Mädels, und

es roch auch nicht nach Milch. Der Unterricht war auch irgendwie anders als sonst. Der Ehrgeiz in uns wurde noch mehr geweckt. Herr Mühlhausen führte wie im Radio Quizsendungen mit uns ein. Mädchen gegen Jungen, das war jetzt sein neues Steckenpferd. Wir Jungen gewannen die Mathefragen, die Mädchen die Deutschfragen. Die Jungen waren in Erdkunde besser, während die Mädchen es in Biologie waren.
Die Überraschung bereitete uns Herr London. Wir übersetzten in den nächsten Monaten „Minna von Barnhelm" ins Englische und wollten das Stück zur Weihnachtsfeier aufführen.

Neben unserer Schule waren die Reste einer früheren Toilette. Die Mauern standen nur 1 ½ Meter hoch, und man konnte auf den Mauerresten sehr schön spielen. Man sprang von Mauer zu Mauer und unser liebstes Spiel war Fangen. Oft spielten wir mit Dieter Heckscher, einem Jungen aus unserer Strasse. Er wohnte Nummer 23 und einige Kinder hänselten ihn, weil er etwas stotterte. Wir wurden immer mutiger, auch Elke sprang von einer Mauer auf die andere, Dieter hinter ihr her. Er erreichte sie, tickte sie an und rief:
„Du bist die Nächste!"
Nur, der Anstoß war wohl etwas zu mächtig. Elke kam ins Wanken, breitete die Arme aus und versuchte das Gleichgewicht zu halten. Aber sie rutschte mit den Beinen an der Mauer hinunter und landete auf ihrem Po. Dabei schrammte sie beide Innenseiten ihrer Beine auf. Die Schürfwunden bluteten stark, und Dieter bekam einen gehörigen Schreck. Er stotterte: „Bloß nichts meiner Mutter sagen!"
Wir brachten Elke schnell die 300 Meter nach Hause und Oma Lindemann wusch die Wunden aus, und sie bekam einen Verband um beide Beine.

Dieter Heckscher und ich hatten drei Jahre später ein paar Stunden Schauspielunterricht. Er sollte dadurch seine Stotterei verlieren. Später wurde er Autoverkäufer bei Opel Dello, ging zum Radio Luxemburg und wurde dann Moderator der Deutschen Schlagerparade als Deutscher Schnellsprecher und ist heute noch unter dem Namen Dieter Thomas Heck als Showmaster und Schauspieler bekannt. Viele Jahre später, bei einem Treffen im Gambrinus in Baden Baden, lachten wir noch sehr herzlich über die für Elke so schmerzliche Begebenheit.

Ende April erfuhr ich von meinem Vater, dass bei der Bahn Fahrräder versteigert wurden. 45 D-Mark hatte ich gespart. Mit diesem Kapital fuhr ich mit ihm zur Versteigerung der Fundsachen. Ein Fahrrad hatte es mir angetan und ich hoffte es zu bekommen. Das erste Gebot lag bei 20.- D-Mark. Ich hoffte das ich es für 22 Mark bekommen könnte. Doch ein Mann bot 25 und er wollte es schon holen, als ich 30 D-Mark sagte. Er sah mich an, lächelte und sagte: „Wenn du es unbedingt haben willst, werde ich nicht weiter bieten."
So bekam ich mein erstes Fahrrad. Es hatte keine Gangschaltung, einen braunen Rahmen und nagelneue Reifen. Glücklich zog ich von dannen. Mir blieben noch 15 Mark, die ich zurücklegte, denn ich wollte im Sommer eine Radtour durch Deutschland machen.

Ende Mai bekam der Schwimmverein Poseidon sein eigenes Vereinsfreibad in Niendorf. Viele Tage hatten wir Mitglieder freiwillig daran mit gearbeitet. Wir hatten wir nun eine 50- Meter Bahn. Unsere Wasserballer konnten ab diesem Sommer noch besser trainieren. Sie waren die Nummer eins in Norddeutschland. Auch konnten die Vereinsmitglieder ohne Geld schwimmen gehen. Es gab Umkleideräume, Duschen und eine kleine Terrasse, die später für mich noch Bedeutung bekam.

Meine Sachen für meine Deutschlandfahrt waren gepackt. Am nächsten Morgen sollte es losgehen. Schnell fuhr ich noch einmal nach Nixendorf ins Bad, um Tschüß zu sagen. Wie immer fuhr ich ganz schnell auf die Mauer des Bades zu. Davor wurde immer hart gebremst, so auch heute, das Hinterrad ging nach links weg, ich gab Gas und fuhr durch das kleine Tor ins Bad hinein. Aber irgendwie klappte es heute nicht. Ich fuhr mit dem Rad an die Mauer, machte einen Handstand auf dem Lenker, was ich eigentlich überhaupt nicht konnte, und fiel vom Rad. Mir war nichts passiert, doch der Rahmen meines Rades war verbogen und hatte einen netten kleinen Hügel. Mit dem Rad sollte ich nun in Urlaub fahren! Aber ich hatte kein anderes, es musste irgendwie gehen.

Meine Großmutter wollte mich gar nicht fahren lassen. Ich sei erst 14 Jahre und so allein durch die Gegend sei zu gefährlich. Erst als ich ihr sagte, dass wir mit vielen Jungs fahren, war sie beruhigt, steckte mir noch etwas Geld zu und wünschte mir gute Fahrt.

Mein Vater sagte mir am Abend schon auf Wiedersehen und gab mir einen Freifahrtschein der Bundesbahn, damit ich, falls etwas mit dem Rad passierte, zurückkommen konnte. Die ganze Nacht konnte ich nicht schlafen und schlich schon um fünf Uhr aus dem Bett. Schnell waschen, Zähne putzen, Kosmetikbeutel noch verstauen, Gepäck aufs Rad und ab.
Einen Treffpunkt mit den anderen Jungs gab es natürlich nicht, ich hatte immer vorgehabt, die Tour alleine zu machen. Ich konnte keine besseren Radfahrer neben mir dulden und auch keine Schlappschwänze. Diese sechs Wochen wollte ich für mich alleine sein.
Von Barmbeck über Wandsbeck und Hammerbrook ging es über die Norder- und Süderelbbrücken in Richtung Lüneburger Heide. Celle wurde durchquert, während ich Hannover liegen ließ. Ab Braunschweig immer an der Zonengrenze entlang ging es in Richtung Bayern. Ich wollte unbedingt Zell an der Saalequelle wiedersehen, mit all den Benkers auf dem Hof und im Gasthaus. Jeden Tag radelte ich zwischen 60 und 80 Kilometer ab.
Die Nächte verbrachte ich unter Strohballen, die auf den Feldern standen oder ich half ab mittags auf den Feldern. Die Bauern luden mich dann zum Abendessen ein, und ich durfte in der Scheune im Heu schlafen. Zum Frühstück ließ ich mich nicht einladen, denn sonst hätte ich am Morgen mithelfen müssen. So flüchtete ich meis-

tens vor Sonnenaufgang zur nächsten Bäckerei und bat um Brötchen oder Kuchen vom Vortag. Natürlich erzählte ich ihnen von meinem Vorhaben, dass ich mit dem Fahrrad in die Schweiz wollte, was ich bis dahin gar nicht vorhatte. Aber das machte solch einen Eindruck bei den Bäckersfrauen, dass ich fast immer die Kuchen umsonst bekam. In den Städten, wo es Bundesbahnkantinen gab, konnte ich für 50 Pfennig ein Mittagessen bekommen, so dass mein Kapital von 76,50 DM nicht strapaziert wurde.

Nach zwölf Tagen und 5oo Kilometer Fahrt über fast immer autoleere Strassen erreichte ich Zell. Es war fast alles beim Alten. Nur, dass die Flüchtlinge alle fort waren und das Haus jetzt wieder das „Gasthof zur Saalequelle“ war. Gerda und Ilse kamen mir entgegen, das neue Schwesterlein Hedwig und das Kleinkind Bernhard. Herr Benker war aus dem Krieg zurück, und es war ein großes Hallo, als ich ihnen sagte dass ich so große Sehnsucht nach ihnen und dem Hof gehabt hätte. Die ganze Nacht wurde erzählt und über die schweren Zeiten gelacht. Frau Benker machte für mich ein Zimmer zurecht, denn sie meinte, nach fast zwei Wochen müsse ich einmal wieder in einem richtigen Bett schlafen. Aber die drei Tage bei ihnen habe ich wieder tüchtig mitgeholfen und mir somit die Übernachtung und das tolle Essen verdient. Ich blieb bis zum Sonntag, da ich ja wusste, dass es dann immer Schweinebraten mit Kruste und Kartoffelklößen gab.
Beim Abschied versprach ich, bestimmt wieder zu kommen. Dieses Versprechen hielt ich mehrmals ein. Vier Jahre später mit meinem Moped, dann mit meinen Eltern sowie mit meinen Schwiegereltern. Später mit Elke, die mit ihrem Mann Tom aus Amerika zu Besuch war und zuletzt im Sommer 2005. Da war leider das Gasthaus nur noch ein Apartmenthaus, Ilse lebt in der Schweiz, Gerda war gestorben, Bernhard lebt in den USA, nur Hedwig wohnt noch in diesem jetzt wirklich verschlafenen Nest am Ende der Welt. Mit meiner Frau machte ich noch einmal die Wanderung auf den Waldstein und nahm jetzt wohl endlich Abschied von meiner Kindheit in Zell.

Quer durch Bayern und Württemberg ging es nach Radolfzell an den Bodensee.

Da ich einige Male mein Mittagessen bezahlen musste, ging mein Geldvorrat zur Neige. Die Schweiz wollte ich auch noch besuchen und das würde noch ein paar Mark verschlingen.
Ich suchte Arbeit. Vor dem Kinobau in Radolfzell stand ein Schild „Arbeiter gesucht." Rein in die Baubude und schon hatte ich einen für mich passenden Job. Der Polier gab mir einen viel zu langen Arbeitsanzug, den ich an Armen und Beinen mehrmals umschlagen musste, gab mir Eimer und Schaufel, sowie einen kleinen Besen. „Hier sind die Entlüftungsrohre, die einen Durchmesser von 60 Zentimeter haben. In diesen Rohren befinden sich Baureste, und die musst du in den nächsten fünf Tagen gereinigt haben. Die Rohre verlaufen links bis unter die Bühne und rechts wieder zurück. Es ist eine Sauarbeit, aber du bekommst 100 D- Mark, wenn Du es bis zum Samstag schaffst."
Nun, ich war klein und wendig, aber trotzdem, es war eine dreckige und schmerzvolle Arbeit, den ganzen Tag auf den Knien durch die Rohre zu krabbeln und zurück mit dem vollen Eimer. Vor allen Dingen das Umdrehen in dem dunklen Tunnel war jedes Mal ein Kunststück.
Schlafen durfte ich in der Baubude, aber dazu kam es höchstens für fünf Stunden. In dem Restaurant, in dem ich am ersten Abend etwas gegessen hatte, suchten sie eine Hilfe für den Abend.
Tische zusammenstellen für Veranstaltungen, Bier aus dem Keller holen, Gläser spülen, so richtig einen Mann für alle Fälle.
Von 18 Uhr bis meistens um 1 Uhr Nachts ging das Geschäft. Am meisten Spaß aber machte es mir, wenn die Kellnerin nicht schnell genug war und ich die Getränke zu den Tischen bringen durfte. „Zum Wohl" sagen und das Trinkgeld einstecken, war meine liebste Beschäftigung.

Am Sonntag morgen aber schlief ich bis zum Mittag und holte mir das Geld beim Polier zu Hause ab. In dem Restaurant bekam ich noch ein gutes Mittagessen und meinen Lohn und dann fuhr ich nach Konstanz zur Schweizer Grenze.

Die Grenzbeamten waren damals wie heute nicht besonders freundlich. Was will ein 14-jähriger Junge mit dem Fahrrad aus Hamburg in der Schweiz, fragten sie. Nun ich hatte eine gute Fantasie und erklärte ihnen, dass meine Großmutter zur Kur in Luzern sei. Sie müsse für ein Jahr in den Bergen leben, da sie Lungenentzündung habe. Die Geschichte hatte ich gerade in einem Film in Hamburg gesehen.
So bekam ich einen Grenzschein für vier Tage. Ich müsse aber bis Mitternacht des vierten Tages wieder in Deutschland sein.

Zwei Tage brauchte ich bis Luzern am Vierwaldstättersee. Hohe schöne Häuser, die wie Schlösser aussahen, keine Trümmer, die schöne Holzbrücke, der tolle Bahnhof und der wunderschöne See. In dieser schönen Stadt würde ich gerne wohnen, wenn ich erwachsen bin. Es sollte nie dazukommen. Aber ich habe sie immer wieder besucht.
Alle Gäste, die später zu uns in den Schwarzwald kamen, wurden nach Luzern gebracht, zu einer Fahrt auf dem Vierwaldsstättersee gezwungen und in die Zahnradbahn auf den Rigi verfrachtet, von da mit der Gondelbahn abwärts gegondelt und mit dem O-Bus zum Bahnhof zurückkutschiert.

Die Rückfahrt von Luzern nach Deutschland ging über Rapperswihl und Küssnacht, wo ich vergebens die hohle Gasse suchte, zurück zur Grenze. Es wurde donnerstagabends und es wurde außerdem auch sehr nass. Der Regen prasselte auf mich herunter und ich suchte nach einem Unterschlupf, bis das Gewitter vorbei war. Ein kleines Häuschen für Straßenarbeiter tauchte auf, doch es war kein Platz für mich unter dem kleinen vorspringenden Dach. Drei junge Mädchen, so cirka 17 -18 Jahre, standen zitternd mit ihren Rädern dort und schauten ängstlich zu meinem Licht. Erst als sie entdeckten, dass

kein Verbrecher sondern ein Junge vorfuhr, waren sie beruhigt. Das Gewitter wurde stärker und damit unser Verlangen in das Häuschen einzudringen. Ich versuchte das Fenster zu öffnen, aber es öffnete sich nur einen kleinen Spalt. Nach dem nächsten Donnerschlag rief ich, dass eine von den Mädels mir den an der Tür liegenden Balken geben solle. Zwei Mädchen hielten das Fenster einen Spalt offen, während ich den Balken nahm und das Fenster aufbrach. Reinklettern und den Schieber von der Tür schieben, war eins. Dann wurden die Räder hineingeschoben und wir versuchten, es uns irgendwie gemütlich zu machen.
Mit drei hübschen Mädchen, das konnte ich bei einem grellen Blitz erkennen, in einer kleinen Hütte, vielleicht konnte ich heute meinen ersten richtigen Kuss bekommen. Die Blitze wurden Gott sei Dank immer greller und der Donner immer stärker und ein Mädchen, sie hieß Bea, drückte sich immer näher an mich heran. Die beiden anderen saßen dicht aneinander gekauert auf der anderen Seite auf meiner Wolldecke, die ich von meinem Gepäck abgenommen hatte und schlossen vor Angst die Augen. Ganz erwachsener Mann, legte ich meinen Arm um das zitternde Mädchen. Sie schaute mich an und beim nächsten Donner klammerte sie sich an mich und dann kam der Kuss. Ich wusste nicht, wie mir geschah und ob der Kuss gut war. Nur durch die Berührung mit ihrer Zunge bekam ich auf einmal ein komisches Gefühl. Doch nach dem dritten oder vierten Blitz und Donner mit anschließendem Kuss beschloss ich, dass das mein neues Hobby werden würde.

Doch selbst das schönste Gewitter hat einmal ein Ende. Die Sonne kam noch einmal schnell heraus, bevor es dunkel wurde. Wir verpackten unsere Sachen, nahmen die Räder und verabschiedeten uns. Die Mädel mussten nach Luzern zurück. Beim Abschied fragte Bea mich, wie alt ich sei, sie musste wohl Furchtbares ahnen, denn als ich sagte, dass ich schon 14 sei, wurde sie puterrot, setzte sich auf ihr Rad und segelte schnellstens davon.
Weit nach Mitternacht erreichte ich in Konstanz die Schweizer Gren-

ze, ich hatte die Hosen voll, da ich die Zeit nicht eingehalten hatte. Doch als die Beamten den klitschnassen Jungen sahen, machten sie kein Aufsehen und ließen mich passieren. Im Kolpinghaus fand ich die Nachtklingel und noch Unterschlupf.
Nun ging es am schönen Bodensee entlang bis nach Lindau, dem letzten Punkt meiner Reise. In drei Tagen fing die Schule wieder an, so dass ich jetzt froh war, den Freifahrtschein zu haben. Mit zweimaligem Umsteigen war ich am nächsten Tag in Hamburg. Sofort fuhr ich zu meiner Großmutter, um ihr von meinen vielen Erlebnissen zu berichten. Voller Stolz zeigte ich ihr mein Geld. Mit 76 Mark war ich von ihr abgefahren und mit 85 DM kam ich zurück.

Die Schule begann wieder und Herr Mühlhausen bat uns in der Nachstunde, das aufregendste Erlebnis in Form eines Aufsatzes zu Papier zu bringen. Natürlich war für mich die Sache mit dem Kuss das Aufregendste. Was ich nicht bedacht hatte, war, dass die Arbeiten hinterher zum Teil vorgelesen und von anderen Schülern korrigiert wurden. Meine Geschichte gelangte in die Hände eines Mädchens, die sie mit schmalziger Stimme vortrug. Ein irres Gelächter klang durch die Klasse und die Story verbreitete sich später auch auf dem ganzen Schulhof. Ein Junge hänselte mich sehr stark, so dass ich mit ihm eine Prügelei anfing. Die anderen stellten sich um uns herum und schrieen:
„Hautse, hautse, immer auf die Schnauze!“
Das musste meine Schwester gehörte haben, denn mit einem Mal hing sie meinem Gegner von hinten auf der Schulter und schrie:
„Lass meinen Bruder in Ruhe.“
Dann standen wir Rücken an Rücken und erwarteten, dass er von seinen Freunden Hilfe erhielt. Als sie aber das wütende Gesicht von Elke sahen und die Pausenglocke die Beendigung der Schulpause einläutete, verkrochen sie sich.

Die Aufführung Minna von Barnhelm in Englisch auf der Weihnachtsfeier unserer Schule war ein Bombenerfolg. Der galante Franzose, der auch die Minna haben wollte, wurde von mir verkörpert. Mein französischer Akzent muss aber sehr komisch geklungen haben, denn immer wenn ich den Mund aufmachen wollte, lachten die Schüler und die Eltern schon vorher los. Es war eben kein Englisch.

Weihnachten kam und meine Großmutter war wieder bei uns. Doch dieses Mal war alles schon viel feierlicher. Mein Vater hatte sogar ein kleines Geschenk für meine Oma.

1951

Das Hauptthema in der Schule im neuen Jahr war, eine Lehrstelle zu bekommen. Außer einem Mädchen und mir hatte noch keiner eine erhalten.
Im Gymnasium war mein Wunsch, Brückenbauer zu werden. Später sollte es Lehrer für schwer erziehbare Kinder sein.
Aber ohne Abitur war beides nicht möglich, und so versuchte ich, aus meinem Hobby, dem Verkaufen, einen Beruf zu machen. Die Chefin der Firma Carl Dickhaut & Co. wollte mich unbedingt haben, und so unterschrieb mein Vater bereits im Januar den Lehrvertrag.

Meine Konfirmation war nicht nur meine Einsegnung, sondern auch eine große Friedensversammlung der Familie.
Die Tanten meines Vaters kamen alle, da mein Vater sich mit meiner Großmutter arrangiert hatte. Onkel Rudi, Tante Elsa und Elsa kamen aus dem gleichen Grund und weil sie natürlich auch bei meiner Konfirmation dabei sein wollten. Die Nachbarn und neue Freunde meines Vaters, sowie Familienmitglieder von der Lindemannseite saßen fröhlich bei selbstgemachtem Eierlikör bis morgens um vier Uhr beisammen. Es war das erste und das letzte Mal, dass wir in dieser Runde beisammen waren. In den nächsten Jahren verstreuten sie sich in alle Winde.

Die Abschlussfeier in der Schule verlief für mich so ganz anders als sonst. Die Bühne sah ohne mich ziemlich leer aus. Die Gedichte wurden von anderen Schülern vorgetragen, natürlich lange nicht so gut wie früher von unserer Klasse. Na ja, wir waren aber auch klasse. Das lange Rumsitzen auf den Stühlen war auch nichts für mich, und so waren wir alle froh, als wir unser Abschlusszeugnis aus den Händen unseres geliebten Lehrers erhielten.
Von den Mädchen verabschiedeten wir uns ohne Küsserei, das war damals nicht üblich.
Leider habe ich bis auf meinen Cousin Horst, genannt Brummer, niemanden aus unserer Klasse wieder gesehen. Nur von einem Mädchen habe ich ein Jahr später gehört, dass sie sich das Leben genom-

men habe. Sie war die Dickste in der Klasse und sie meinte wohl, dass sie deshalb keine Lehrstelle bekommen hätte. Von Klassentreffen war in der Zeit auch keine Rede, wir hatten alle Wichtigeres zu tun.

Montag, der 2. April. Um 6 Uhr 30 wurde ich geweckt. Ein Teller Milchsuppe stand auf dem Tisch. Daneben sechs Scheiben Brot, sehr dünn mit Schmalz bestrichen, sowie mit einem Hauch Zucker bestreut. Runter zur S-Bahn Alte Wöhr und ab zum Hauptbahnhof. Von dort aus musste ich die gesamte lange Mönckebergstrasse hinunter laufen, über den Rathausmarkt durch die Johannisstrasse, sowie über den Rödingsmarkt in die Admiralitätsstrasse zu meiner Lehrstelle Drei lange Jahre lagen vor mir, mit einem Lehrlingsgehalt von 25 D-Mark. Jeden Morgen über eine Stunde Anmarsch und abends das gleiche zurück.

Das Schrecklichste aber waren wieder die Frauen. Acht an der Zahl waren in der Firma im Lager und im Büro beschäftigt, und das alles in nur zwei Räumen inklusive Ausstellungsraum. Die drei Vertreter sahen wir meistens nur am Morgen, wenn sie ihre Aufträge vom Vortag brachten.
Jeden Morgen mussten wir drei Lehrlinge im Musterraum Staub wischen. Die meisten Sachen waren für Frauen bestimmt. Es hieß ja auch Toiletteartikelgroßhandel. Parfumzerstäuber, Kämme, Kosmetikspiegel, Badetaschen, Reisenenessecaires, eben alles, was Frauen zum Schönermachen benötigten.
Dann ab ins Lager und die Ware anhand von Aufträgen aus den Regalen nehmen, Pakete packen und ab damit zur Post.

Das war ja noch normal für einen Lehrling. Was mir aber stank, waren die Sonderwünsche der Frauen.
„Geh mal und schau nach, ob es matschige billige Bananen gibt!“
„Hol mir bitte eine Limonade!“
„Meine Zigaretten sind alle!“

„Ich habe mein Brot vergessen, hole Brötchen!“
Schon nach einem Monat hatte ich die Nase voll, für die Damen den Hanswurst zu spielen.
Als dann der Monatsletzte kam und mir mein Vater von den 25 D-Mark noch 15 D-Mark für die Haushaltskasse abnahm, war meine Stimmung auf den Nullpunkt gesunken.
Die Berufschule war die einzige Institution, in der ich was Richtiges lernte. Die Lehrer waren sehr in Ordnung und auch die Mitschüler waren bestens. Nach einem Berufschultag, so Ende August, schlenderten Alfred, der später mein bester Freund wurde, und ich zur Arbeit zurück. Vor uns liefen zwei sehr gut angezogene Frauen her mit einer sehr tollen, aber für uns etwas zu dünnen Figur. Alfred sagte:
„Wenn man „IHN“ bei denen vorne reinsteckt, kommt er hinten wieder raus.“
Die eine sehr grell geschminkte „DAME“ drehte sich um, schaute uns an und erwiderte:
„Irrtum ihr Kleinen, der Weg führt nach oben.“
Man kann sich vorstellen, wie rot unsere Gesichter wurden. Die Straßenseite wechseln war eins.

Meine Beschwerden bei der Chefin fruchteten eines Tages. Ein Vertreter hatte einen Unfall und Frau Dickhaut befahl mir einen Tag mit ihm zu fahren, um ihm die Koffer in die Drogerien, Frisiersalons und Parfümerien zu tragen. Nun, das war etwas für mich. 15 Kunden wurden an diesem Tag besucht, und wir bekamen auch einige Aufträge. Herr Eindorf brachte mich abends nach Hause, und ich wusste: Das ist mein Job. Das will ich auch machen. Vor, allen Dingen können die Frauen mich dann nicht mehr ausnützen.

Pünktlich, wie immer, war ich wieder in der Firma. Hoffentlich war der Arm von Herrn Eindorf nicht wieder in Ordnung, so dass ich wieder mit ihm mitfahren konnte. Gestern hatte ich eine ältere Hose angehabt, in der ich mich bei der Kundschaft nicht wohl fühlte. Heute hatte ich meine gute Hose und eine Jacke aus dem Schrank geholt

und mir eine Krawatte umgebunden. Man musste ja vorbereitet sein. Mit dem Staubtuch stand ich im Musterraum, um auf das Eintreffen von Herrn Eindorf zu warten. Er hatte heute die Tour in der Innenstadt, in der er das Auto nicht benutzen konnte. Meine Großmutter kam in den Musterraum und bat mich, zur Chefin zu kommen.
„Herr Eindorf kann nicht zur Arbeit kommen. Er liegt für einige Zeit im Bett und kann wahrscheinlich die nächsten Wochen nicht die Kunden besuchen. Traust du dir zu die beiden Ersatzkoffer zu nehmen und die sechs Kunden in der Innenstadt zu besuchen? Du hast sie ja gestern auch getragen. Heute allerdings müsstest du sie durch die ganze Innenstadt tragen.“

Vor Freude wäre ich fast in die Luft gesprungen. Doch ich musste cool bleiben und den Damen meine Freude nicht zeigen. Alle Frauen kamen und gaben mir gute Ratschläge, was ich machen sollte, als wenn sie jeden Tag draußen in der Kundschaft gewesen wären.
Ich schnappte mir die Koffer, nahm ein Auftragsbuch mit Durchschlagpapier und zog los. Die Koffer musste ich unterwegs mehrmals absetzen, weil sie doch verhältnismäßig schwer waren.
Drogerie Douglas war die erste Adresse. Ich stolperte vor Aufregung fast in den Laden, doch ich konnte Guten Tag sagen und mich mit den Worten vorstellen:
„Ich komme von der Firma Carl Dickhaut & Co. Unser Vertreter ist krank geworden, so möchte ich fragen, ob Sie etwas gebrauchen können.“
Die verdutzten Gesichter der Verkäufererinnen waren köstlich. Sie amüsierten sich über mich kleinen Jungen mit 15 Jahren und kaum 1,31 Meter groß. Aber ich öffnete beide Koffer und sah dabei die ältere Dame an. Viel viel später habe ich erfahren, dass ich das genau richtig gemacht hatte. Wenn man mit einem Kunden spricht, soll man ihn nie aus den Augen lassen. Sie kaufte einige Sachen und mein Herz schlug voller Freude, kam ich so doch nicht mit leeren Händen zurück.
Beim nächsten Kunden, einer Drogerie, wollte ich es noch besser

machen.
„Die Firma Carl Dickhaut schickt mich, um Ihnen die neusten Sachen zu zeigen.“
Auch hier zeigte man sich erstaunt über den kleinen Mann und man meinte, man könne sich diese Sachen ja einmal ansehen, wobei der Inhaber das Wort „Sachen“ besonders betonte. Eine ganze Seite war im Auftragsbuch voll, als ich den Laden verließ und in die Straßenbahn stieg, um zum nächsten Kunden zu kommen. Das Geld für die Bahn hatte mir Frau Dickhaut zugesteckt.
Der nächste Kunde war ein Friseur. Doch hier sagte ich, dass ich die neuesten Artikel zeigen wollte. Das mit den Sachen hatte ich mir schnell gemerkt.
Bei den Kunden vier und fünf wurde ich immer sicherer, weil ich merkte, dass ich mit meiner Jugend gut ankam. Der letzte Drogist sagte mir nämlich zum Abschluss, dass ich wohl der jüngste Vertreter Deutschlands sei.
Also trompetete ich bei meinem sechsten Besuch in einer Parfümerie:
„Der jüngste Vertreter der Firma Carl Dickhaut möchte Ihnen die neuesten Artikel aus der Kollektion präsentieren.“
Der Erfolg hier war der höchste Auftrag des Tages.
Der Freitag war vorbei, mein erster Reisetag aber noch nicht. So schnell ich eben konnte, fuhr ich in die Firma zurück, damit alle noch vor dem Wochenende meinen Erfolg bewundern konnten.
Die Buchhalterin, die im Musterraum saß, maß mich mit neugierigen Augen. Sie wollte wissen, ob ich einen Auftrag bekommen hätte. Das aber musste ich der Chefin selber sagen. Auch ihre Frage war fast die gleiche.
„Na, wie war es? Bist du gut zurecht gekommen? Hast du einen Auftrag erhalten?“
Mittlerweile schauten alle Frauen neugierig um die Ecke. Meine Großmutter stand mit auf dem Rücken verschränkten Armen da und wartete auf meine Antwort:
„Ich habe sechs Kunden besucht und ich habe sechs Aufträge erhal-

ten. Die Kunden lassen grüßen und ich dürfe ruhig wiederkommen."
Das war zwar gelogen, doch ich wollte wieder draußen verkaufen und da war jedes Mittel recht.
Von da an war ich nicht mehr der Lehrling. Aber das nur in meiner Einbildung. Ich durfte die nächsten Wochen unseren Herrn Eindorf vertreten. Ich bekam eine Monatskarte für die Hamburger Hochbahn AG und konnte so durch ganz Hamburg gondeln. Und das auch am Wochenende privat.

Leider kam Herr Eindorf wieder, und ich sollte wieder Lehrling spielen. Doch meine Koffer hatten es mir angetan und ich machte der Chefin den Vorschlag, dass ich doch mit den Koffern Neukunden werben könnte. Von dieser Idee war sie begeistert, und so zog ich bis zum Ende meiner Lehrzeit bei der Firma als Vertreter durch Hamburg.

Verkaufen lag mir also im Blut. Mit 20 Jahren war ich der jüngste Verkaufsleiter Deutschlands bei der Firma Mars-Schokolade und das Verkaufen hat mich 50 Jahre lang nicht mehr losgelassen.